やぎゅう そう りゅう けん

柳生双龍剣

長谷川 卓

祥伝社文庫

目次

【登場人物紹介】

◆土井家

槇十四郎正方：土井利勝の甥。槇抜刀流居合術の遣い手

土井大炊頭利勝：家康・秀忠の側近。幕府の重鎮

蓮尾水木：利勝配下細作の頭領。結城流小太刀の遣い手

千蔵：土井家細作小頭

秋津の弥三：土井家細作

百舌：土井家細作

潮田勘右衛門：土井家家臣

◆将軍家

徳川秀忠：徳川二代将軍

徳川家光：徳川三代将軍

徳川忠長：家光の弟。甲斐に蟄居している

朝倉筑後守宣正：忠長の附家老

◆加賀前田家

前田筑前守光高：前田利常と秀忠息女・珠姫の子。前田家継嗣

本多安房守政重：前田家年寄。かつての幕臣・本多正信の二男

三津田孫兵衛：本多政重の用人

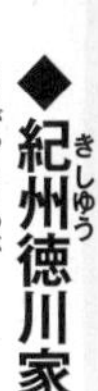

◆紀州徳川家

徳川頼宣：紀州藩藩主。
南龍公と呼ばれる秀忠の弟

安藤帯刀直次：紀州藩徳川頼宣の附家老

【燕忍群】：飛騨で暗殺を生業とする忍者集団

頭領…綜堂

小頭…八束、嘉平次
貉兄弟

六人衆…雨月、烏鉄
金剛、弓彦
綿虫、可魔風

◆柳生家

柳生宗矩：将軍家剣術指南役

柳生七郎：宗矩の嫡男、後の柳生十兵衛三厳

小夫朝右衛門：紀州徳川家剣術指南役。
柳生新陰流一門

松助：小夫家の老僕。忍び上がり

すが洩りの吉三：柳生の忍び

◆その他

沢庵宗彭：臨済宗大徳寺派の僧侶

松倉小左郎正長：松倉作左衛門の孫

栗田寛次郎嘉記：金沢の道場主、十四郎の友

千代：栗田寛次郎の新造

樋沼潔斎：十四郎の父を倒した剣客。
山の者・久兵衛とも名乗る

第一章　発覚・熊野街道

一

元和五年（一六一九）旧暦七月――。

二代将軍徳川秀忠は、己が三男・忠長に駿河の地を与えるため、それまで駿河を治めていた弟・頼宣を紀州和歌山に転封した。

頼宣の意に添わぬ国替であった。

直ぐ上の兄であり、家康の九男の義直は尾張を治め、十一男の弟・頼房は水戸を預かりながら江戸に詰めている。己が駿河にいれば、尾張、駿河、江戸と東海道に居並んだ兄弟が将軍家の楯となろうものを、己一人だけが遠く紀州の地に飛ばされたのである。

嫌がる頼宣を、附家老・安藤帯刀直次が説得しての受諾だった。

附家老とは、幕府が親藩四家に家老として付けた大名である。安藤家は頼宣の転封に伴い、遠州掛川から一万石の加増を受け、三万八千八百石となって紀州田辺に移った。

それから十二年の歳月が経ち、寛永八年（一六三一）八月となった。

安藤帯刀は、紀州和歌山城から南に二十三里半（約九十二キロメートル）下った己が領地・田辺の城下にいた。

会津川に臨む古刹・瑞雲寺に馬を止め、和歌山から従えて来た腕利きの者を四囲に散らし、一人本堂に入り、端座した。

天文二十三年（一五五四）に生まれた帯刀は、七十八歳になっていた。無駄な肉のない枯れた身体に、目だけが炯々と光っている。

開かれた戸口から微風が通り抜けた。

板床の上を走る風は心地がよかった。

田辺に来たのは、転封された元和五年以来のことになる。

城は従弟に任せ、自身は附家老として和歌山に詰めていたのである。

そろそろ刻限だった。

遅れる相手ではなかった。

板床の上に、木の実が転がった。

目を戻すと、いつの間に現われたのか、本堂の片隅に男が平伏していた。

「もそっと近う」

帯刀は、掌を膝の前に差し出した。

「大声では話せぬでな」

男は膝を進めて帯刀の傍近くに寄ると、お久しゅうございます、と懐かしげに言った。

「ご壮健でなによりでございます」

「一別以来だな」

互いの風貌の移ろいに目を遣り合い、流れた時の長さを痛感した。

帯刀の髪は白く、顔には皺が深く刻まれていた。

男にしても、七十に近く、髪はその大部分が白いのだが、皮膚には張りがあった。

男の名は、綜堂。飛驒の忍び・燕忍群の頭領だった。

乱世にあって、暗殺を請け負っては金銀を得ていたのが、燕忍群だった。

帯刀は、駿府城で大御所家康の家老として仕えていた慶長十一年（一六〇六）と翌十二年に、西国大名の暗殺を秘密裡に綜堂に依頼したことがあった。

若かった。当時は、帯刀が五十代で、綜堂は四十代だった。

「よう来てくれた」

「此度は、また……」

「そうだ。燕の腕を見込んでの頼みだ。引き受けてくれような」

「安藤様のお話とあらば、如何様なご依頼であろうとも」

「よう言うてくれた」

帯刀の頰に、針で突いたような笑みが浮かんだ。

「して？」

綜堂が、帯刀の目を見詰めた。

問いは、一つ。誰を殺めるのか、だった。

「加賀前田家、御継嗣」

前田家当代である三代・中納言利常と将軍秀忠の息女・珠姫との間に生まれた

長子、当年十七歳になる筑前守光高のことである。

「訳を」と綜堂が言った。「お尋ねしてもよろしゅうございましょうか」

　これまでの二度の依頼の時には、訊かれなかった問いだった。

　帯刀はゆるりと腕を組むと、

「何故、此度は知りたがる？」

　綜堂を睨み付けた。

「ご依頼、確とお引き受けいたしまする。されど、以前の時と違い、此度は訳が分からぬのでございます」

「知りたいか」

「お差し支えなければ……」

「将軍家に、まだ御子が生まれておらぬことは、知っておろうな？」

「そのように、漏れ承っておりまする」

「御子が生まれぬ時は、誰が将軍職を継ぐと思う？」

　三月前までは、将軍家光の弟・駿河大納言忠長卿が次期将軍の筆頭候補だったが、行状に落度があったとして甲斐に幽閉され、跡目相続の見込みはなくなっていた。

「となれば、まず尾張様かと……」

帯刀は、頷いてみせると、

「尾張徳川家と紀州徳川家のお役目は、まさにそこにある」

と言って、少しく声音を抑えた。

「将軍家にお世継ぎのおわさぬ時は、両家のいずれかから次の将軍を選ぶ。そのために、我ら附家老が身近にいて政の補佐をしておるのだ。にもかかわらず将軍家は、何と仰せになられたか。姉の子筑前を養子に迎え、継がせたいと仰せになられたのだ」

「………」

綜堂は、口を挟まず、黙って耳を傾けた。

「初めは、一時の気の迷いかと、儂も一笑に付した。だが、筑前が水戸から嫁を取ると聞いて、にわかにこの話が現実味を帯びてきた。母が大御所様（秀忠）のご息女で、嫁が水府（水戸徳川家）のご息女となれば、血筋に問題はなくなる。このまま手をこまねいていたのでは、加賀の血が江戸城に入ってしまう。我慢ならぬのだ」

帯刀は、袴を握り締めた拳を震わせて、続けた。

「大御所様はご愛息の大納言様可愛さに、頼宣様を紀州に転封させた。西国の抑えだと持ち上げての。将軍家のお世継ぎとして大納言様を要衝の地である駿河に置きたいのだと思い、我慢した。その大納言様を、どうなされた？　兄である家光公が大納言様を嫌うのを大御所様が黙認されたがために、大御所様亡き後、大納言様は実の兄に蹴落とされたのだ。その上、こともあろうに家光公は、御三家をないがしろにして、前田の小倅を次の将軍になどと言い出したのだ。頼宣公が我慢されたのは、何のためだったのだ？　紀州家には紀州家の意地があることを、将軍家や取り巻きの者どもに教えてやらねばならぬ」

帯刀は、茶を口に含むと咽喉を鳴らして嚥下し、分かったか、と訊いた。

「前田が憎いのではない。気の毒とは思うが、致し方のないことなのだ」

「よう腹を割ってお話し下されました。綜堂、殿のお心を無にはいたしませぬ」

帯刀は目だけで応え、

「褒賞は」と言った。「樽一つの金では、どうだ？」

樽一つで、二千両はあった。

「異存、ございませぬ」

「それとな」

帯刀は、もう一つあるのじゃ、と言った。

「依頼を果たした暁には、燕を紀州家お抱えの忍びに推挙したいと思うておる。受けてくれるか」

「何と仰せられました？」

帯刀が、綜堂の顔を見ながら、ゆるりと繰り返した。

「実でございますか」

「何で頭領に嘘を吐こうか、実じゃ」

大家のお抱えになるのは、願ってもないことだった。それも、徳川御三家である。綜堂は、嬉しさのあまり身の内が震えるのを感じた。

「必ず、ご依頼の件、果たして御覧に入れまする」

綜堂が平伏した。

「一つ、条件がある」

帯刀が綜堂を見据えた。

「この企てが幕府か前田家に事前に露見した時は、即座に取り止めといたす。紀州との繋がりが知れぬ内に事を成せる目算が立てば、事を進める。万々が一、紀州が事が取り沙汰されても、当方はどこまでも白を切り通す。よいな？」

「心得ております。して、期限は？」

「年内、もしくは年明けまででは如何じゃ？」

「承知いたしました。早速にも燕六人衆を呼び集めまして、加賀に送り込むことにいたしましょう」

「吉報を待っておるぞ」

帯刀が去り、次いで綜堂が庭から姿を消した。

遠くで鳴いていた蟬が、本堂の板壁に留まり、腹を震わせ始めた。

四半刻（約三十分）が経った。

庫裏に控えていた僧が現われ、湯呑みを片付け、戻って行った。

更に半刻（約一時間）が経った。

日が中天を過ぎた。

本堂の床下、礎石脇の土の中から指が覗いた。指が土を左右に掻き分けた。頭部が現われ、目の高さで止まった。

気配を探った。寺を囲んでいた警備の者の気配は、感じられなかった。

走らねば。男は思った。

己が聞いたことを、直ちに江戸の柳生屋敷に知らせなければならなかった。

江戸まで行くか、それとも一旦柳生の庄に寄るか。常ならば、江戸に直行するのだが、聞いた話の内容は己の手に余った。襲われた時の用心をした方がよいのか。だが、迷っている暇はなかった。

虫の声が聞こえた。

仲間の吹く合図の指笛だった。

安藤帯刀が去って、やがて一刻（約二時間）になる。痺れを切らしたのだろう。

男は、土の中から滑るようにして這い出した。

二

頭領の綜堂が引き上げて一刻が経とうとしていた。

境内は、日差しがくっきりとした影を刻み付けたまま静まり返っている。

藪陰が微かに動いた。綜堂配下の忍び・八束が半身を土に埋め、横たわっていた。

「誰が潜んでおるか、分からぬ故」

念には念を、と綜堂が去って一刻の間は、様子を探り続けるよう言い付けられていたのだった。

(気の回し過ぎであろう)

土中から這い出そうとした時、瑞雲寺の塀外の木立から濃密な気配が漂って来た。

気配は虫の声を真似た指笛を鳴らした。

(おったのか……)

八束は、後方の下忍に動かぬよう命ずると、己は再び土に同化した。

本堂の床下から男が現われ、庭を横切り塀を飛び越え、木立に入った。

八束が後を追い、五人の下忍が続いた。

男が指を唇に当て、虫の声を発した。

梢が揺れ、黒装束の忍びが三人、地表に飛び下りて来た。

その瞬間を狙って、八束が声を掛けた。

「出揃ったようだな?」

四人が一斉に身構えた。

「よう忍んでおったの。褒めてくれるわ。頭領や儂らに気配を感じさせなんだのだから、前以て忍んでいたとしか思えぬ。それも、土の中に身を隠すなどしてな。そこまでやるとは、どこの忍びだ？」

三人の黒装束が抜刀し、床下から出てきた男を背後に隠した。

八束の下忍の打ち上げた火矢が、中天で炸裂した。

「新手を呼んだ。観念するがよい」

黒装束の一人が後ろに下がり、二手に分かれた。二人が立ち向かい、残る二人が木立の奥へと走った。

「逃すな」

八束は、下忍に命ずると、床下から出て来た男に手槍を投じた。

手槍は、屋内での戦いのために、身の丈程の長さに槍の柄を切ったものである。

手槍は風を切って飛び、男の背へと飛んだ。

刺さったかに見えた時、男がひょいと左に飛び、手槍を躱した。

（背中に目があるのか）

舌打ちをした八束が、立ち向かって来た男の一人を袈裟に斬り捨てようとした。並の忍びならば躱せぬ筈だったが、違った。男は一旦飛び退くと見せ、その反動で前に飛び込み、八束の足を斬り払おうとした。八束の足が地を蹴った。見上げた男の額が割れ、血飛沫が散った。

もう一人の男は、下忍が挟むようにして倒したところだった。

血振りをくれている二人に合図をし、走り去った男どもを追った。

既に二人の下忍が追っている。彼らの付けた印を見ながら速度を上げた。

下忍らの足取りは、万呂を通り、三栖を抜け、栗栖川方向に向かっていた。

二人の男の行き先は、どこなのか。

中辺路を行き、伊勢山田に出ようとしているのか。それとも本宮から小辺路を通って高野山へ、あるいは大峯奥駈道を駆って吉野に出るのか。見当の付けようがなかった。

「もそっと急ぐぞ」

滝尻王子に着いた。王子は、熊野権現の御子神を祀る分社のことである。ここから本宮までが十里弱で、近露までが四里弱だった。王子社後ろの急な坂道に、目印があった。坂道を上った。

「八束様」

下忍が、路傍(ろぼう)の岩陰を指した。赤黒い血痕(けっこん)が、岩肌を汚していた。土や砂利(じゃり)の乱れも、ここで小競(こぜ)り合いがあったことを表していた。

八束は血痕を指の腹で擦(こす)り、

「まだ固まり切ってはおらぬ。近いぞ」

言うや、下忍を促(うなが)し、飯盛山(いいもりやま)を見ながら駆け出した。

富田川(とんだがわ)に流れ込む支流・中川を眼下に打ち捨て、更に足を速めた。

木立の向こうに朱塗りの祠(ほこら)が見えた。大門王子(だいもんおうじ)だった。

厚く敷かれた落葉に顔を埋めて、黒装束の男が倒れていた。背を斬り裂かれ、腹部には数箇所の刺し傷があった。

配下の者ではなく、床下に潜んでいた男でもなかった。逃げた男の一人に違いない。素早く持ち物を調べてから、窪地に蹴転がし、落葉を被せた。

小石を並べた目印の脇に、血痕が点々と落ちていた。

配下の者が敵の忍びを倒した時に、手傷を負ったのだろう。血の量からすると、深傷(ふかで)とは思えなかったが、毒が塗られていれば命取りになる。急ぐに越したことはなかった。

悪四郎山を越えた。峠を縫うように、街道は続いている。駆けた。岩を蹴り、石を跳ね飛ばし、落葉を舞い上げ、ひたすら走った。

（もう追い付いてもよい頃だが……）

八束は、指を唇に当て、力一杯吹いた。高く澄んだ大瑠璃の啼き声が街道を渡った。

同じ音色の指笛が返ってきた。近い。

八束は、逢坂峠を駆け下りた。鬱蒼とした木立の中を細い道筋が延びている。刃を斬り結ぶ尖った音が、箸折峠の方から聞こえてきた。

「追い付いたぞ」

箸折峠への上り坂に足を踏み込んだ。

三

槙十四郎正方は、伊勢神宮に詣でた後、南に下って伊勢山田に出、熊野街道を歩いていた。

本宮を過ぎ、中辺路を田辺に向かった。通る人は疎らで、修験者など僅かに数名を遠望しただけだった。

日は中天を過ぎ、傾き始めていた。

十四郎は足を止め、道端の石に座り、薄く浮いた汗を拭った。山道である。木陰は心地よかった。

腰に巻いた布を解き、宿で拵えてくれた麦飯の握り飯を取り出すや、大きく一口食い付いた。

桜葉漬けの青菜が入っていた。晩春に漬けて貯えられた、桜の葉の塩漬けを混ぜ込んである。噛むと口中にほのかな香と塩味が広がる。美味かった。

三口で食べ終え、次の握り飯に手を伸ばした時、十五間程（約二十七メートル）先の繁みが微かに揺れた。

（何かがいる）

伸ばした手を止めた。やがておもむろに握り飯を取り、繁みを見据えながらゆっくりと頬張った。

また繁みが揺れた。

風の動きではない。

残りの握り飯を口の中に押し込むと、十四郎は指先を嘗め、袴で拭いた。握り飯の包みを手早く仕舞い、腰に提げた竹筒から水を飲むと、ゆっくり立ち上がった。

繁みは、そこだけ揺れ続けている。

近付くに従い、血が濃くにおった。

忍び装束の男が、背と左股に深傷を負って倒れていた。

もがいていたのか、土に爪痕が残っている。

誰にやられた？　尋ねる間もなく、ぐるりに気配を感じた。囲まれている。

「その男、お渡し願えませぬかな」

背後から声が掛かった。

「渡すも渡さぬも、私の知り人ではない。しかし、この者が、そなたらは嫌だと申すかもしれぬぞ。訊いてみよう」

男が僅かに首を横に振った。

「嫌だと申しておる」

「ご浪人様、斯様なことで命を落とされては、犬死にですぞ」

「気に入らぬな」

十四郎は答えながら人数を数えた。一人、二人……、十人いた。

「そなたの物言い、癇に障る」

「……で？」

「渡さぬ」

「致し方ございませぬな」

短い指笛が鳴った。途端に、殺気が周囲に漲った。

十四郎は腰を割ると、姿勢を低くして身構えた。

右後方の気配に乱れが生じた。忍び装束の男が跳ね、忍び刀を突き出してきた。刀身を掠め、十四郎の太刀が横に走った。京の刀工・粟田口藤吉郎兼光が鍛えた二尺七寸五分（約八十三センチメートル）は、斬れた。忍びの手首が飛び、遅れて血が噴いた。叔母の連れ合いである元掛川城主・朝倉筑後守宣正から貰い受けた名刀だった。朝倉宣正は、今は蟄居の身となっている駿河大納言忠長の附家老で、この四月、忠長を諫め得なかったとして、上野板鼻藩酒井忠行へお預けとされていた。

忍びが動いた。

左右から同時に斬り掛かって来た。左からの攻撃を太刀で受け、右の忍びには脇差を投げ付けた。脇差は胸板を貫(つらぬ)いた。左方の忍びが大きく背後に飛んだ。草を切る風音が立った。十四郎は地に這って、手裏剣(しゅりけん)を躱した。

今度は三方から掛かって来た。脇差は既に投げている。十四郎は地に転がると、一人の足首を斬り、跳ね起きながらもう一人の脇腹を斬り上げた。

一人は絶命し、一人はのたうち回っている。

十四郎は血振りをくれると、鞘(さや)を腰から引き抜き、脇差を投げ付けた忍びの方に向かった。十四郎の耳に、自らの足が草を分ける音が響く。

その瞬間を狙っていたのだろう。手裏剣が飛来(ひらい)した。鞘で叩(たた)き落とした。鞘は鉄で固め、随所に鉄環(てつわ)を巡らせていた。

刀が折れたとしても、鞘で太刀を払えもすれば、斬り結ぶことも出来る。多人数と立ち合うための工夫だった。右手で刀の柄(つか)を、左手で鞘を握り、ゆるりと身体を回した。

四方の草陰から、殺気が鋭(するど)い牙(きば)となって襲い掛かって来た。鞘で受け、太刀で躱しながら、一人の首筋を斬り裂き、もう一人の二の腕を骨ごと斬った。腕が垂れ下がっている。噴いた血と流れる血で、辺りが血潮(ちしお)のにおいに溢(あふ)れた。

短い指笛が、続けて二度鳴った。

命果てた者を残したまま、傷ついた忍びらが繁みの中に転がるようにして消えた。

十四郎は暫(しば)し動かずに気配を読んだ。

十間（約十八メートル）四方からは、何も感じられなかった。

風が渡り始めたのか、木立の葉がそよいでいる。

十四郎は遺骸(いがい)の胸板から脇差を抜き取ると、倒した忍びの袴で血を拭い、鞘に納めた。

「お強いですな」

最初に倒れ伏していた忍び装束の男が、血潮を滴(したた)らせながら言った。

「手当をする。ちと黙っておれ」

十四郎は己が倒した忍びの遺骸を引き摺(ず)って来ると、装束を脱がせて、持ち物を並べた。

忍び袋には手裏剣、苦無(くない)、目潰しなどが入っており、別の布袋には薬草が小袋に分けられていた。その他、火種や赤く染められた縄の付いた鉤縄(かぎなわ)などが懐中(かいちゅう)にあった。

十四郎は、忍び刀の下げ緒(お)を解いてから、男の背と股の傷口を竹筒の水で洗った。水はすぐに底をついた。竹筒を捨てた。縛って血止めをし、次いで薬草の小袋を探った。丸薬が袋の底に転がっていた。

前歯で噛んだ。

覚えのある味がした。

甘草と黒豆を煎じた汁に、福寿草と山牛蒡の根の汁を加えたものだった。毒消しである。

傷口の様子からしても、刃に毒が塗られていた形跡はなかったが、用心のために飲ませた。

「この傷では、歩けぬか」

「左足が動きませぬ」

傷は深い。これまでに相当な血を流している筈だった。無理をさせれば、命の灯は直ぐにも消えてしまうだろう。

「彼奴らは、何者なのだ？」

男は口を閉ざした。

「そなたも、いずれの忍びだ？」

「…………」

「何者でも構わぬが、彼奴らは必ず、また襲うて来る。無理をさせたくないが、ここにおっては、死ぬだけだぞ。それでよいのか」

「死ぬ覚悟は、疾うに出来ております」

しかし、と言って十四郎は血止めした布を見た。血潮が流れている。

「血が止まっておらぬ。どこぞで手当をせねば、襲われる前に死ぬぞ」

「お願いがございます」

「何だ？」

「私が死んだら、埋めて下され」

「そのつもりだ。案ずるな。まさか、深くとか浅くとか、注文を付ける訳ではあるまいな」

「墓標を立て、一文字《吉》とお入れ下され。大吉の吉でございますぞ」

「分かった」

「これで、死ねます」

「すると、何か、私はここで、そなたが死ぬまで看ているのか」

「申し訳ございませぬ」

「立て」

二町程（約二百十八メートル）戻ったところに、壊れかけた堂宇があった。そこまで行けば、男を中に寝かせ、敵の攻撃を凌ぐことが出来るかもしれぬ。

「無理にも歩かせるぞ」

忍びの持ち物を剝ぎ取って装束に包み、小脇に抱えると、男の肩に手を差し込み、担ぎ上げ、強引に歩き始めた。

「無茶をなされますな。傷口が……」

「どうせ死ぬのだ。ごちゃごちゃと申すな」

男が咽喉で笑った。傷口が引き攣ったのか、顔を顰めている。

堂宇に辿り着いた時には、男は気を失っていた。

十四郎は、男を板床に腹這いに寝かせると、血糊の付いていない方の忍び装束を被せ、己は苦無を手に表に飛び出した。

苦無で土を掘り、掘った土を血糊で汚れた忍び装束に包み、堂宇の床に広げた。急拵えの囲炉裏が出来上がった。焚き火を終えたら、敷いた装束ごと外に放り出せばよかった。

木っ端を拾い集め、火を熾した。血止めの薬湯を作り、飲ませなければならない。

その時になって、鍋釜がないのに気が付いた。しまったな。竹筒を捨てたのは、我ながら迂闊だった。

表に出、竹林を探した。なかった。歩いた道筋を思い返した。竹林の記憶はなかった。竹筒があれば、それを器にして湯を沸かすことも簡単に出来たが、諦めざるを得ない。手持ちの品を調べた。手裏剣に鉤縄に目潰し。役に立たないものばかりだった。

(何かないか)

懐を探った。懐紙があった。

(そうか……)

紙を折って器にし、水を入れ、火にかける。水のある間は燃えないと聞いたことがあった。

懐紙を取り出し、桝の形に折り、堂宇の外に走り、せせらぎを見付けた。水を入れ、苦無と手裏剣で作った台座に置いた。

懐紙は燃えず、上手い具合に湯が沸いた。

思わず手を叩きそうになったが堪え、薬草の小袋から、蓬と血止め草を探し、湯に落とした。湯の色が茶色に変わり始めた。それと別に、干した蓬と血止め草に湯を掛けて戻したものを布に塗った。傷口へ貼るためである。

血潮に濡れた細布を外した。傷口の奥から、血が盛り上がるように流れて落ちた。

素早く拭い、薬草を巻き、きつく縛った。

男が目を開けた。

「案ずるな。そなたは、まだ生きておる」

「そのようでございますな」

「直に薬湯も出来よう。それまで眠っておれ」

「彼奴らが、あのまま見逃す筈がありませぬ。逃げるなら、今ですぞ。夜になれば、必ず襲うて来ます」

「夜が得意なのか」

「昼も夜も」

「彼奴らは何者なのだ?」

「燕忍群。ご存じでしょうか」

「知らぬな」

飛騨の忍びで殺しを生業にしているのだ、と男が言った。頭領は綜堂。その下に六人衆と言われる手練と二人の小頭がおり、追っ手は小頭の一人だろう、と更に知っているところを話した。

「狙った獲物は逃さぬと聞いております」

「それでは、益々そなたを置き去りには出来ぬ」

「何故、見ず知らずの私のために、命をお捨てなさる?」

「私がいなくなれば、死ぬと決まっておるからだ。寝覚めが悪うなる」

「変わったお方でございますな」

答えずに、十四郎は背に回していた布を広げた。握り飯が一つ出て来た。

「食うものは、これだけか……」

二つ目の握り飯を、無理に頬張らずに残しておけばよかったと思ったが、今更どうしようもない。

「困ったの」

「私は薬湯をいただければ結構でございますから」

「干し飯か何か、持っておらぬのか」

「すべて食べてしまいました」

「そうか……」

十四郎は薬湯を火から下ろし、男の脇に置き、

「食えそうなものを探して来る」と言った。「目の届くところだけだ」

「出て参りました」

下忍が、八束に言った。

「何か探しておるようですが」

浪人が、腰を折り、地を嗅ぎ分けるような恰好をして、堂宇の周りを回っている。

時折、草に手を伸ばし、摘み採っては捨てている。

「食い物か」

八束の声が、冷たく尖った。

「夜までの命だ。もはや食らうこともあるまいにの」

四

同じ頃、老中・土井大炊頭利勝邸の御門を、若衆姿の女子が足早に通り抜けた。

土井家の上屋敷は、大炊殿橋御門内にあった。後の神田橋である。

女子の名は蓮尾水木。中条流を会得した結城二郎右衛門が興した結城流小太刀の達人であり、土井家細作（忍び）の頭領でもあった。

奥に向かう水木の斜め後ろから奥女中の凜が続いた。水木配下の細作である。

（殿がお待ちにございます）

（何があった？）

二人の声は低く抑えられ、少し離れていれば、ただ黙って歩いているとしか見えなかった。

（これと言って別に。ただ……）

（ただ？）

（昨日のことでございますが、お客様がございました）

（どなたじゃ？）

（雪光院様にございます）

尼僧・雪光院――。

以前は加賀前田家に仕えた奥女中で、名は浪路といった。大御所秀忠の娘で、加賀宰相前田利常に嫁いだ珠姫付きである。珠姫は、元は子々姫と呼ばれていたが、将軍家の姫が嫁ぐ時の習わしに則り、名を改めて加賀に嫁いだ。慶長六年（一六〇一）、僅か三歳であった。その珠姫も、今は亡い。元和八年（一六二二）に二十四歳の若さで没している。

浪路は、姫の没後出家して、雪光院を名乗り、姫の菩提を弔うため、姫がこよなく愛でた程ケ谷に尼寺を建てて貰い、住持に納まっていた。前田家としても、堂々と幕府の許しを得た上で、江戸から八里半（約三十三キロメートル）の地に砦として使える場所を確保出来るとあって、雪光院のために一宇を建立するに否やはなかった。

（どれくらいおられたのじゃ？）

（小半刻かと……）

何か格別のご用向きでもおありだったのか。

（帰られた後の殿のご様子は？）

凜の足の運びが微かに鈍った。水木が足を止めた。

（何やら考え込んでおられたようにございます）

（そうか……）

（そして夕刻になり、頭領の御名を）

（私だけか）

（はい。他に誰か）

水木は十四郎のことを思ったのだった。しかし、十四郎の行方は凜ら配下の細作の知るところではなかった。勝手気儘に旅を重ねる十四郎が、今どこにいるかは、水木さえも摑めてはいなかった。

畳廊下を折れ、更に奥へと進んだ。

雪光院様がわざわざお出ましとは、加賀に何かあったのか。

中奥の手前で凜が一礼して、足を止めた。

水木はそのまま畳廊下を進み、奥書院の襖の前で膝を突き、名乗った。

「入れ」

土井利勝は、書状を認めていた。

「直ぐに終わる」

「はっ」

水木は、襖を閉め、その場に腰を下ろした。

この春から夏に掛け、大御所秀忠は病付いていた。七月には、秀忠重病の報を受けた尾張徳川家の義直と、紀州徳川家の頼宣が、江戸に駆け、将軍家の使者に大磯で止められるという事件も起こっていた。

心労の絶えぬ利勝であった。

「待たせたな。そこでは遠い、近う寄れ」

水木は膝を送ったところで、先頃尾張と紀州で見聞きしてきたことどもを話した。

「お怒りは、収まってはおらぬか」

東照大権現の九男と十男に生まれた尾張の義直と紀州の頼宣は、家康の孫に当たる家光よりも血筋が家康に近いからと、将軍家を軽んずる風があった。三十二歳と三十歳の二人に比べ、家光が二十八歳と年下であることも、頭を下げ慣れぬ二人には面白くなかったのであろう。特に南龍公と言われる頼宣は、気性が激しかった。家光が、子の出来ぬ時は前田家に嫁いだ珠姫の子の光高を養子に、と漏らしてからは、前田家を目の敵にするようになっていた。

（また何か悶着が起きたのか……）

思いを隠し、尋ねた。

「そのことだが、よいところに戻って来てくれた。明日になっても戻らねば、使いを送る手筈になっておったのだ」

「加賀でございまするか」

「何故、そう思う？」

「雪光院様がお見えになられたとか」

「鼻が利くのお」

雪光院が訪ねて来たのは、格別の用向きがあってのことではなかった。江戸に出た序でに、日頃の寄進の礼と無沙汰の挨拶をしようと立ち寄ったに過ぎなかった。

「それで話が終わらば、斯様に慌てずともよかったのだが、話が思わぬ方に進んでの……」

この頃加賀では、と雪光院が言った。殊の外、武を尊ばれ、大坂の陣で功のあった者を追賞するだけでなく、屈強の者をお取り立てになっておられるそうにございます。

「供廻にしておるそうだ。加賀宰相ご自身とご嫡男のな」

利勝は、声音を抑え、淡々と雪光院が語ったことを口にした。身動もせずに聞き終えた水木が、

「雪光院様は」と尋ねた。「何か疑念を抱いておいでなのでしょうか」

「いや、まったくそのような様子はなかった。ただ武道を奨励しているくらいにしか思うておらぬようじゃ」

「しかし、剛の者で身辺を固めるとなると、何やら、裏が……」

水木と利勝の目が合った。

「戻って早々だが、加賀に飛んでくれぬか」

「かしこまりました」

水木が低頭した。

「前田公の動きを探るのだ」

四月、金沢の町を焼き尽くす大火があった。城を焼失した当代藩主前田利常は、幕府から再建の許しは得ていたが、二の丸に壮大な御殿を建てようと動いて

いるという噂があった。

「大御所様の病重篤な時にだ。幕閣の中には、謀叛を口にする者もおる。柳生但馬だ。このまま放ってはおけぬところまで来ておるのだ。頼むぞ」

「一つお尋ねしてもよろしいでしょうか」

「何なりと申せ」

「将軍家が、光高様をご養子にとお考え遊ばされているというのは、実なのでしょうか」

「儂にも分からぬ。あのご気性故、尾張は嫌だ、紀州は嫌いだと思われると、直ぐ口を滑らせてしまわれる。好悪だけで決せられるようなことではないとは、将軍家も重々承知しておられようが、だからと言うて、光高殿が将軍職に就く目はないとも言い切れぬでな」

「前田家では、あの本多正純様の弟御が年寄を務めておられまするが」

「本多政重か……」

徳川家康の懐刀と言われた本多正信を父に、駿府政権の担い手であった本多正純を兄に持つ本多政重――。秀忠の乳母の息を斬って徳川を離れ、それからは大谷吉継、宇喜多秀家、福島正則と主を替え、利長時代の前田家にも仕えた。

その前田家を一旦辞して上杉に移り、慶長十六年（一六一一）に再び前田家に戻って来たという、よく言えば猛者であり、有り体に言えば変人であった。

「一筋縄ではいかぬが、だからこそ扱いやすいとも言える」

「それは？」

「まあ、よい。それよりも柳生だ」

恐らく、と利勝が言った。前田の落度を目を皿のようにして探しておるであろう。

「出来得る限り、関わりは持たぬがよいぞ」

「心得ております」

「ところで、十四郎がどこにおるか、知らぬか」

六月までは出羽の上山にいると書状を受けていたが、今はどこにいるかは知らなかった。

「そうか……」

数年前までは、どこにいるかを小まめに知らせて来たものだった。居場所が分かれば、また分からなくとも寺社の厄介になっていれば、探し、御用で近くまで赴いた時に落ち合い、幾許かの金子を与えていたのだが、懐具合がよいのか、剣客に知り人が増えたのか、十四郎を捕まえ辛くなっていた。

それとも、と思い、利勝は心を曇らせる。

（駿河大納言様の一件で、儂を避けておるのであろうか）

利勝は、将軍家光の意向を受け、四月に忠長を甲府に蟄居させていた。十四郎は、その忠長と親しく言葉を交わしたことがあった。忠長の運命に同情を禁じ得ぬのかもしれなかった。

五

山の夜は早い。

日が山の稜線の向こうに傾くと、白く輝いていた雲が赤く燃え染める。やがて雲が燃え尽き、色彩をなくせば、山はたちまち闇になる。

そこから長い夜が始まる。

十四郎は、薬湯を煎じながら男の傷口の手当をしていた。細布を取り、薬草を取り替え、またきつく細布を巻く。

男は呻き声も上げずにおとなしくされるがままになっていたが、その頃から熱が出始めた。先に倒した忍びの袋から藪萱草（やぶかんぞう）の蕾（つぼみ）と根の干したものを探し出し、煎じて飲ませた。熱冷ましの効能がある。毒消しにせよ、熱冷ましにせよ、修行の旅をしながら覚えた知識だった。

十四郎は、一つだけ残っていた握り飯と緩（ゆる）く延ばした汁粥（しるがゆ）を手早く腹に流し込み、夜の帳（とばり）が下りるのを待って、堂宇の観音開き（かんのんびら）きの格子（こうし）を塞（ふさ）ぎに掛かった。

忍びから剝いだ袴と、幅の広い葉を手裏剣などで刺し止め、焚き火の明かりが漏れないようにしたのである。

相手は忍びである。寸刻（すんこく）も疎（おろそ）かにせず、見張っているに相違なかった。その者らに動きを見透かされたのでは、防御のしようがない。

「お武家様は、ただのご浪人とは思えませぬな」

「何に見える?」

「それが分かりませぬので」

「余計なことは考えずに眠れ。熱があるのだぞ」

「何か活計（たずき）をお持ちのようには、失礼ながら見えませぬで……」

「落ち着かぬか」

「いささか……」

「何と言ったらよいかの。かっては仇を探し歩きながら腕を磨いておったのだが……」

「仇は討たれたのですか」

「いや、仇に敗れ、また修行の旅をしておる」

十四郎が十二歳の時、父であり、剣の師でもあった貴一郎正兼は、樋沼潔斎との尋常な立ち合いを求めたが、潔斎には敵わず、斬られて死んだ。祖父が興した槇抜刀流の後継者としての意地もあり、十五の年に仇を求めて旅に出、十三年を経て立ち合う機会を得たのだが、手も無く捻られてしまった。

「相手のお方は、随分とお強いのですな」

「剣の前に、人としても立派なお方でな。どうすれば勝てるか分からぬ」

「焦っておられるようには、お見受けできませぬが」

「焦りはないが、越えようとは思うておる」

「もしやすると、そのお方が剣の第二の師匠になられるのかもしれませぬな」

十四郎も心の片隅で、そのことを考えていた。潔斎が父を倒した秘剣《雷》の太刀筋を真似、会得しようとしたこともあった。しかし、それを認めたくない気持ちも、またあったのである。

「穿ったことを申すな。仇は、仇だ。師にするつもりはない」

言い切ったところで、己を祖父の仇として狙っていた松倉小左郎のことを思い出した。仇の近くにおれ、と無理矢理ともに旅をさせ、心の修行をしろ、と懇意の僧沢庵宗彭に預けたこともあった。今は回国修行の旅に出ており、時折沢庵や金沢に道場を構える十四郎の剣友・栗田寛次郎の許に顔を出しているようだった。師になるつもりで傍に置いたのではなかったが、己と同じく剣を志す者として、師のごとく振る舞いもした。小左郎は、十四郎にどのような思いを抱いているのであろうか。

「勝手な押し推量でございました。お許し下され」

男は、僅かに身体を動かすと眉根を寄せてから、

「いずれにしろ」と言った。「ここでは死ねませぬな」

「勿論だ。死ぬ気など毛頭ないわ」

「心強い限りでございます。何やら生き延びられるような気になって参りました」

「遅い、遅い。また何人か斬って、懐中を探り、干し飯でも見付けてくれるわ」

男は咽喉を小さく鳴らして笑ったが、程無くして気を失った。

剣の道を志す。

強い者が勝ち、弱い者が負ける。簡単な道理だった。そんな道理の中でのみ生きようと思っていたが、伯父からの頼まれごとや、己が関わったことどものために、やたらと複雑になってきていた。

目の前に横たわっている男が、いい例だった。どうして見捨てなかったのか。後先も考えず、闇雲に助けてしまった。孤に徹し切れぬ己が、透けて見えた。

忠長卿御前での試合の後、潔斎は飄然と姿を消した。今頃は、どの辺りの山にいるのだろうか。男には仇だと言ったが、その人柄を懐かしく思うのは何故であろうか。

間遠に聞こえていた蜩の声も絶え、地虫の鳴き声ばかりが届いて来る。

十四郎は耳を澄ませ、地虫が鳴き始めた方角と、地虫が鳴き止んだ方角を聞き分けようとした。

一刻が経った。

虫を食べに小動物が駆け回っているのか、小枝を踏む小さな音が聞こえて来た。

見張られている気配は、どこにもなかった。

いるのか。

余程遠くから見張っているのか、それとも己を無にし、気配を絶つ術を心得ている
後者だとすれば、それ程の手練に数を揃えられたのでは、逃げ道はないに等しい。

男が意識を取り戻した。目を開き、堂宇の中を見ている。

「まだ、襲うて来ぬぞ」

「火をお消し下され」

「随分と血が流れた。寒気がするであろう？」

「それよりも、闇に目を慣らしておいた方がよかろうかと」

「尤もだな」

蚊遣りのために青葉をくべ、火を落とした。いぶり過ぎては、男を咳き込ませ、傷口を開かせてしまう。煙が堂宇の中に棚引いた。

「そなたは」と十四郎が、煙から逃げ、横になりながら聞いた。「徳川の者なのか」

暫しの沈黙の後、だとしたら、と男が答えた。

「もし誰ぞに何か伝えたいことがあるなら、引き受けてやってもよいぞ。まんざ

ら縁がない訳でもないからの」

「…………」

迷っているのだろう、男の呼気(こき)が乱れている。

「助けていただいておきながら、申し訳ございませぬが」

「気にするな。お役目とはそうしたものであろう」

「かたじけのうございます……」

「熱冷ましでも飲むか」

「いただきます」

闇に慣れた目で、懐紙の桝(ます)を灰の上から男の手許に寄せた。

堂宇の外で、何かが動いた。音がしたのではない、あるかなしかの気配がよぎったのだ。

男の手が止まった。

「来たようですな」

「その熱、その怪我(けが)で、よう分かるな」

「鍛えが違います」

「そんなに鍛えたか」

「お蔭で、今日まで生きて来られました」

「そうか」

「お武家様、申し遅れました。私はすが洩りの吉三と申します」

「すが洩り？」

　雨が屋根から染み込むように、音も立てず、染み込むように忍び込むのを得意としているのだろう。

「私は、槇十四郎」

「槇……？」

　男の声が、籠った。思いが行き着いたのか、口が小さく開いた。

「あの」と男が、呟いた。「七星剣を倒した？」

　柳生但馬守宗矩が刺客として育て上げた七人の剣客が、七星剣だった。将軍家光の弟君に当たる駿河大納言忠長を闇に葬らんと駿河に送り込まれた彼らが、十四郎と樋沼潔斎らに阻止されたのは昨年のことだった。

「どうして、そのことを知っておる？」

「我が朋輩の多くが、槇様の手に掛かり斬り死にいたしました故」

「そなたは柳生の忍びか」

「では、何の説明もいらぬであろう。私は老中土井大炊の甥だ。七星剣の一件では敵対したが、柳生様とは面識もある。何か伝えたきことあらば遠慮いたすな」

「まさに」

「さすれば、加賀宰相の……」

戸に固いものがぶつかった。

次の瞬間、堂宇の戸が外に跳ね飛んだ。樹木の上から鉤縄を投げ付け、戸に絡めてから、幹の向こうへと飛び下りる。思い切り引かれた鉤縄が、戸を引き破ったのだった。間髪を容れず、夥しい数の手裏剣が打ち込まれた。十四郎は身体を床に沈め、隅に転がった。

黒い影が堂宇に躍り込んで来た。

だが、影はそれ以上奥には進めなかった。

隅の闇が膨れ、光の棒が横に閃いた。光の棒は影の脇腹から胸を斬り上げると、血振りをくれた後、また消えた。立ち上がった十四郎が、戸口に立った。

短い指笛が一度鳴った。

昼間に聞いた指笛と同じだった。

（一度は攻撃。二度は撤退。来るか）

木立の其処彼処が動いた。影が湧き起こり、尖り、向かって来た。

十四郎の両の腕が素早く反応した。右の手は柄に、左の手は鞘に、両の手が抜く瞬間を待った。右からの影の攻撃を右手の太刀が受け、左からの打ち込みを左手の鞘が受けた。散った火花が消える前に、左手の影が返す刀の餌食になって転がった。

腰を折り、低く身構えた十四郎の前方を、忍びが左右に走り回った。

その僅かな間隙を突いて、鉤爪の付いた縄が二度、三度と棒のように飛んで来た。目を凝らすと、縄は血のような暗赤色だった。

「我が赤縄、よう躱した」

下忍の背後から、赤い縄を手にした男が現われた。下忍が左右に散った。

十四郎と向き合う形となった。

「儂の名は、八束」

十四郎も名乗った。

「墓に刻んでくれるわ」

八束の右手が真上に伸びた。赤縄が垂直に走り、急角度で落下し、鉤爪が十四郎の足許の地面を掻き毟った。

右手に気を奪われている間に、八束の左手から別の赤縄が放たれた。鉤爪が袂を抉った。赤縄は伸び切っている。

（今だ！）

粟田口兼光の刃が縄を捉えた。渾身の力を込めた一刀だった。縄を切った筈だった。しかし、刃は空しく縄を叩いただけだった。

（切れぬ）

十四郎の背に冷たいものが奔った。

「分かったか。身の程知らず奴が」

八束の両腕が素早く動いた。二本の赤縄が、交互に十四郎に襲い掛かった。弧を描いたかと思えば、矢のように鋭く伸び、太刀の間合いに踏み込ませない。

「避けるだけでは、勝てぬぞ」

八束の腕の振りが、更に大きくなった。

赤縄が生き物のように蠢き、牙を剝いた。唸りを上げた赤縄が、十四郎目掛けて嚙み付いた。危うく赤縄を搔い潜った十四郎の四囲から、赤縄が飛んだ。三本の赤縄が腕と脇腹と股を掠め、袴は鉤に引き裂かれ昆布のように垂れ下がった。

倒した忍びの懐を探った時に赤縄があったことを、十四郎は思い出した。赤縄を操るのは、八束一人ではなく、配下の者も使うのだ。

(一人でなく、多人数だからこそ、八束なのか)

手応えを感じ、十四郎は横に走った。八束の赤縄が追った。振り下ろした鞘が、鉤爪を打ち据えた。鞘に巻かれた鉄環が、赤縄を地に叩き付けた。

八束が手首を返した。地に落ちた赤縄が、八束の掌中(しょうちゅう)に戻った。その軌跡を辿るようにして、十四郎の鞘が飛んだ。鉄の鐺(こじり)が正確に狙いを付けている。寸で躱した八束が体勢を整えようとしたところに十四郎が駆け寄り、横に払った。踏み込んでの一刀が、八束の胴を斬り裂いた。斬り口から腸(はらわた)が飛び出した。

「小頭」

叫んで動きが止まった下忍の只中(ただなか)に入り、見据えざまに太刀を振るった。一人が絶命し、もう一人の腕が飛んだ。絶命した男は、昼間二の腕から切り落とした男だった。

「引け」

声と同時に、下忍どもが木立の中に消えた。

身体のあちこちが痛んだ。知らずに傷を受けていたのだ。鞘を拾い、太刀を納め、堂宇に戻った。男に声を掛けた。返事がない。上がった。

裸に剝かれた男が、仰向けに倒れていた。何か口に含むか、飲み込んでいないか調べたのだろう、顎が砕かれ、胃の腑が裂かれていた。それだけではなく、下帯はおろか、髷すらも、元結ごと持ち去られているではないか。

(これが忍びのやり方か……)

十四郎は、火を熾し、己が飲む血止めの薬草を煎じようとして、止めた。去り際に、水に毒を入れられた場合を考えたのである。

傷口に薬草を当て、縛るに留めた。

(血糊と縁の切れぬ男よの)

紫衣事件により出羽上山に流された沢庵の声が、耳朶に甦った。

(御坊、詰まらぬところに出て来て下さるな)

十四郎は、血潮のにおう堂宇に座り、寝転んだ。

直ぐに、深い眠りに落ちた。

六

蓮尾水木は奥書院から下がると、上屋敷にいる細作を集め、小頭の千蔵以下九名の名を挙げ、その者が近くにいれば走り、遠くにいれば忍び鳩を飛ばすよう命じた。

「落ち合う日時と場所は、明後日の夕刻、小磯の隠れ家。よいな、確と伝えい」

翌朝土井家上屋敷を明け六ツ（午前六時）に発った水木は、若衆髷を網代笠に隠し、東海道を大磯宿へと急いだ。

大磯から小磯までは松並木が続いている。海からの風に吹かれながら小磯の集落を通り抜けると、首切れ地蔵と呼ばれている石地蔵がある。その脇の茅葺きの百姓家が、隠れ家であった。年老い、細作としての務めを退いた者が、留守を預かっていた。

まだ日のあるうちに隠れ家に着いた水木は、旅の埃を湯船で流すと、湯漬けを食べ、奥の座敷に籠もった。

江戸と金沢を結ぶ街道は、大別すると二つある。

前田家が参勤交代に使っている下街道と上街道の両道である。

下街道は、金沢から東に進み、糸魚川、高田、上田を経、信濃追分で中山道に入り、高崎、本庄、大宮から江戸へと抜ける道筋で、上街道は、金沢から西へ福井、今庄、木之本を通り、番場か垂井で中山道に入る道筋である。後者の場合、垂井から中山道へと抜けずに、大垣、名古屋を経て、東海道に出る道もあった。

その他、信州松本と糸魚川を結ぶ千国街道、飛騨高山と富山を結ぶ越中街道、五箇山と金沢を結ぶ塩硝街道など、様々な道筋が金沢まで延びていた。

水木は、己を含めた十名を加賀に送り込む道筋を考えた。幾つの街道に分散するか。何人の組にするか、それとも一人ずつにするか。主要な街道の国境には、隠密封じのための見張り小屋が建てられている。生半可な腕では、歩き方一つで、直ぐに忍びだと見抜かれてしまう。だからこそ選び抜いた者たちだったが、途中で何が起こるか予測はつかない。誰がどの街道を使うかを割り振る必要があった。次いで、金沢城下で落ち合う場所と各自が何を調べるか、任務の詳細を決め、眠りに就いた。

尾張から江戸、そして江戸から小磯へと歩き詰めの日々だった。疲れが溜まっていたのだろう、留守を預かっている源兵衛の足音を廊下に聞くまで、熟睡してしまった。熟睡と言っても、正体なく眠っている訳ではない。己に近付く者があれば目覚めるように鍛えてある。源兵衛にしても、元は細作である。常人ならば、聞き分けられる足音ではなかった。

「お早うございます。頭領、お目覚めでございますか」

「どうした？」

「秋津の弥三が先程着到いたしたのですが、弥三が申しますには、柳生の嫡男七郎が馬で東海道を西へ駆け向かったとのことでございます」

　柳生七郎。後の十兵衛三厳である。

「誰ぞ、追ったのか」

「いえ、弥三は一人でしたので、追えなかったとのことでございます」

　急ぎ後を追わせるか。水木は瞬時思案したが、尾行に気付かぬ七郎ではなかった。務めの前である。危うい真似はさせられない。

　どこに向かうにせよ、行くに任せるしかないと心に決めた。

「分かった。起きよう」

「はっ」

　源兵衛の気配が去った。

　水木は、小太刀を背帯に差すと、座敷から厨に抜け、井戸端に出た。

　水で顔を洗い、口を漱ぐ。尾張とも、江戸とも、水の味が違った。ほのかな甘みのある美味い水だった。

楠の大木を見上げた。緑の葉が空を隠している。

木肌を見た。幼い水木が付けた手裏剣の跡が、まだ残っていた。前の頭領である父に連れられての旅の途次に立ち寄った折、付けたものだった。

――楠の根はな、歳月を経ると石になる。ご奉公とは、石になることだ。

父は石になる前に合戦場で死に、代を継いだ兄も病を得て没してしまった。

水木は刃渡り一尺八寸（約五十四センチメートル）の小太刀を抜き払うと、僅かに腰を引き、腕を柔らかく撓わせ、刀身を横一文字に構えた。

結城流小太刀一の構えである。

馬手からの敵を躱し、弓手からの敵の胴を斬る。流れるように足を運び、舞うように腕を振るう。小太刀が空気を斬り裂いた。

水木は小太刀を鞘に納めながら、改めて柳生七郎がどこに向かっていたのかを考えた。

（まさか加賀ではあるまいな……）

下命を受け、行動に移す。その時、必ず行く手に立ちはだかるのが柳生だった。

万一にも柳生が加わるとなると、困難な務めになるは必定だった。水木は、嫌な予感を覚えていた。

柳生七郎は怒っていた。

近江国木之本に置いていた柳生の隠れ屋敷が燃え、焼け跡から留守居の者三名の斬殺された骸が見付かったとの知らせが入ったのである。

誰が、何のために襲ったのか。

心当たりはなかった。

ただ、柳生の跡を取る者として、見過ごしには出来ぬことと思い極めていた。

木之本は、豊臣秀吉と柴田勝家が争った賤ケ岳の合戦の時、秀吉軍の本陣となった宿場である。琵琶湖に近く、鳥居本、関が原、垂井などの中山道へは一駆けの距離にあり、更に垂井から美濃路を二里二十四町（約十・五キロメートル）走ると美濃大垣に出る。また木之本から北国街道を北上すれば、福井、金沢、富山と越前、越中、越後の地を総嘗めすることが出来た。

京、大坂と北陸を見張る要衝の地だからと、早くに建てられた隠れ屋敷だった。

柳生宗矩も、大坂の陣の頃にはよく泊まったものだった。当時は四十の半ばだった宗矩も六十一歳になっている。

七郎は己の二十五歳という歳を思った。十四郎は二十九歳になる。四年の年の差は、そのまま剣の修行の長さの違いに当たる。その差が未だ縮まらぬ。

紫衣事件で出羽国上山に流された沢庵の許にいた十四郎を訪ね、立ち合いを申し込んだのは、昨年の春のことだった。

沢庵の命（めい）で、竹を切り出して袋竹刀（ふくろしない）を作り、向かい合った。

勝ったと思った。完璧に先（せん）を取り、十四郎の左肩を袈裟に打ち据えた筈だった。

しかし、鍔競合い（つばぜりあい）をした後で、間合いもなく向き合っていたがために、七郎は僅かに身を引いた。その分だけ打ち込みが遅れてしまった。踏み込んで来た十四郎の竹刀が、七郎の腋（わき）の下を掻い潜るようにして、胸許を斬り上げた。

(何故身を引いてしまったのか)

悔いの残る立ち合いだった。

他流派に敗れたにもかかわらず、命があるのも腹立たしかった。

稽古（けいこ）を重ねた。柳生の庄に戻り、ただ黙々と稽古の日々を送った。

膂力がつき、一刀が与える衝撃は、昨年とは雲泥の差だった。

勝てる。今の己なら、勝てる。確信以上のものがあった。

街道の松の幹が、枝が、目に飛び込んで来た。

十四郎の抜き身に見えた。太刀が容赦なく打ち込んで来る。

行く手に、街道に張り出している枝があった。

枝が、ぐんぐんと間合いを詰める。

（貰った！）

七郎は鞍上に立ち、太刀を抜き払い、宙に舞った。

重さのない、羽毛のような身のこなしで、松の枝を一刀のもとに斬り、地に下りた。

馬は一町先を疾駆している。その先に、野良帰りなのか、百姓姿の母子が見えた。

（気付かなんだわ……）

指を唇に当てた。柳生には、剣技の他に、生き物を手足のように使う忍び術があった。馬を操ることなど容易いことだった。

指笛を吹き鳴らそうとして、七郎は藪陰から飛び出した男の姿を目に留めた。

男は馬と並走すると、手綱(たづな)に手を伸ばし、腰を割った。馬が止まった。

七郎は斬り落とした枝には目もくれず、街道を走った。

男の顔に驚きが奔った。己を見知っている者の表情だった。七郎は一足一刀(いっそくいっとう)の距離に飛び込んだ。

男に逃げ場はなかった。

「徳川の者か」

七郎が尋ねた。男が数瞬の後頷いた。

「身構えたところを見ると、土井の細作か」

男が後退(あとじさ)った。七郎の歯が唇の間から零(こぼ)れた。

「案ずるな、斬りはせぬ。よう馬を止めてくれた。礼を申すぞ」

「出過ぎまして」

「されど、一言申しておく。其の方、細作にしては甘いな。何故馬を止めた。あの母子か」

母子が道端で尻餅(しりもち)をつき、抱き合っている。

「捨て置けばよいではないか。その甘さでは忍びとして大成せぬぞ」

「心に留め置きます」

男が手綱を手渡そうとした。七郎の目が光り、太刀が男の手首に飛んだ。

鉄鋼の音を残して、男が後ろに跳ねた。手甲の中に鉄片を埋めていたのだ。

「もそっと上手く細工せい。それでは鉄鋼が丸出しだぞ」

七郎は太刀を鞘に納めると、自ら名乗ってから尋ねた。

「名は何と申す?」

「百舌と申します」

「ほお、鳥の名を名乗るか。どうせなら、鷹とでもせぬか」

「百舌の草潜と申します。鷹は忍ぶに難かしゅうございます」

「そうか」七郎は、手綱を手にすると、「覚えておこう」

馬に飛び乗り、また東海道を駆け出して行った。

(さてさて、どうしたものか……)

走り去る七郎を目で追いながら、百舌は小さく嘆息した。

程無く小磯の隠れ家だったが、この足で隠れ家に入るのは憚られた。

七郎自身が舞い戻り、後を尾けるかもしれぬし、潜み従っていた配下の者が尾けて来ないとも限らない。

このまま行けば隠れ家の前を通ることになる。万一にも、尾行される可能性がある以上、隠れ家に直行することは出来なかった。
刻限には一日の余裕があった。
(回り道を取るか……)
百舌はくるりと向きを変えると、七郎が走り去った街道を辿り始めた。
(遅れた時は、柳生の御曹司(おんぞうし)に出会ったがために遅れたと言えばいい)
果たして信じて貰えるだろうか。
百舌は案じながら、箱根(はこね)の山を一回りする覚悟を決めた。

七

腹が減っていた。

すが洩りの吉三との約束通り、亡骸(なきがら)を埋め、手頃な木を伐(き)り、表面を小柄で削り、吉の一字を彫った。墓標を立てた十四郎は、江戸に戻るべく本宮方向へと引き返した。加賀宰相の、と言って事切れた柳生の隠密のことを、伯父の土井利勝に知らせなければならなかった。湯ノ峯(ゆのみね)の旅籠(はたご)近くの古着屋で、鉤裂(かぎざ)きになった着物と袴を買い替えてからは、団子(だんご)を食べただけで、坂道を上ったり下ったりと、ひたすら歩いていた。

（どの辺りであったか……）

街道脇に、ひなびた茶店があった。うどんと書かれた幟が、くったりと垂れ下がっている光景までは思い出すのだが、それがどの辺りだったか、思い出せなかった。立ち寄っていれば覚えているのだろうが、通った時は旅籠で握り飯を作って貰っており、そのまま田辺に抜けるつもりでいたので、深く考えもせず通り過ぎてしまった。

（ぼんやり歩いているからだ）

愚痴に空っぽの腹が呼応し、足の出が鈍った。

（参ったな）

呟き掛けた時、あるかなしかの風に乗り、硫黄のにおいがした。

（湯治場か……茶店の一つもあるやもしれぬな）

足が勝手に前に出た。

遅れを取り戻すように、距離を稼いだ。

四半刻程歩くと、崖下の河原に湯治場があった。来る時には風向きが変わっていたのか、硫黄はにおわなかった。脱衣場の小屋らしきものが見え、その脇に茶店があった。街道からの下り口には、うどんと染め抜かれた幟がはためいている。

（ここであったか）

十四郎は迷わず崖下に下り、茶店に入った。先客があった。夫婦者が姉弟二人の子供を連れて、うどんを啜っていた。男の子が箸を止め、十四郎を見て、にいっと笑った。

「誰か」

十四郎は奥に声を掛けた。

「へい」

痰が咽喉に絡んだような、枯れた声が返って来た。

「うどんを頼む」

十四郎は太刀を鞘ごと引き抜くと、腰掛け台に立て掛けながら座った。

茶が出た。

色は薄かったが、不味い茶ではなかった。

「熊笹茶でございますよ」

店の老爺が言った。熊笹を炙り、煎じた茶だった。

遅れてうどんが運ばれて来た。太い。

茶をもう一口飲み、うどんを啜った。器の中が透ける薄い色の汁だったが、胃の腑に沁(し)みた。空(す)きっ腹(ぱら)のせいだろう。それでも美味かった。食べた。

うどんを啜り、汁を飲み干し、食べ終えた。茶を口に含み、口中を洗い清めるようにして飲んだ。

腹の底がようやく落ち着いた。

腰の手拭(てぬぐい)を抜き取り、額の汗を拭いた。拭くと、汗が嘘のように消えた。腕の汗も引いている。突然、鳥肌が立った。

耳の奥が鳴った。目眩(めまい)がした。

（どうしたんだ？）

茶店の裏から声が聞こえた。

「あれっ、お前さんは誰だね？」

「爺(じい)さんはどうしたね？」

重いものが続けて倒れる音がした。覚えのある音だった。

（人が襲われている？）

刀に手を伸ばした。それより早く男童(おわらし)が、足で十四郎の刀を蹴飛ばした。

太刀を目で追った寸隙(すんげき)を突いて、女童(めわらし)の手から細紐が飛んだ。細紐は蔓(つる)のように、十四郎の首に絡み付いた。

夫婦が、短刀を手に飛び掛かって来た。

母親に丼(どんぶり)を投げ付け、父親の顔を箸で刺し、細紐を掴んで引いた。咽喉に息が通った。

裏から老爺と、もう一人赤い着物を着た娘が忍び刀を手にして現われた。

「燕か」

咄嗟(とっさ)に、すが洩りの吉三が口にした燕忍群の名を思い出していた。罠か。

「毒が回って動けまい」

娘の目が据わっている。

「早(はよ)う、刀を」

母親が、男童に命じた。男童は刀に飛び付き、持ち去ろうとした。

十四郎は一歩踏み出すと、脇差で抜き打ちざまに母親の腕を叩き斬り、短刀を掴んでいる腕を男童に投げ付けた。背に刺さり、男童が昏倒(こんとう)した。刀が手を離れて転がった。

一斉に刃が殺到した。

老爺の腋の下を掻い潜り、脇腹を抉ると、返す刀で赤い着物の娘の首筋を斬り、父親の脳天を割った。

茶店は瞬(またた)く間に死骸で埋まった。

片腕を落とした母親と無傷の女童が残された。

「急所は外してある。手当をすれば助かるだろう」

十四郎は、首から細紐を外しながら太刀を拾い上げると、倒れている男童を顎で指した。

「これで済んだと思うな」

母親は、歯と残った片方の手を使い、細紐で手首をきつく縛ると、傷付いた男童を抱え、女童とともに湯煙の向こうへ去って行った。

十四郎は店の奥へ入った。店の主らしい老夫婦が首の骨を折られて死んでいた。傍(かたわ)らに、彼らを訪ねて来た者らしい死体も二つ転がっていた。

十四郎は竈(かまど)の前に腰を下ろし、消し炭を取り、丼に潰し入れた。そこに水を注し、指で掻き混ぜ、飲み込んだ。潰し切れていない塊(かたまり)は、噛み砕いて飲んだ。

二杯飲んでから、胃の中のものをすべて吐(は)き出した。黒い水が地面を染めた。

それを二度繰り返してから、毒消しを飲み、死体の側(そば)に寝転んで毒気が抜けるのを待った。

毒が抜けなければ、見知らぬこの地で果てるのである。

板を打ち付けただけの壁と、梁が剝き出しになった天井を見た。

この世の見納めの光景にしては、あまりに殺風景過ぎた。ここでは死ねぬな、と十四郎は思った。

再び吐き気が込み上げて来た。吐いた。毒消しも吐き出してしまった。小袋の中の毒消しは残り少なかった。吐き出したものの中から毒消しを摘み取り、また口に含んだ。

しかし、吐くのは悪いことではなかった。吐き続ければ、毒は出るのである。柄杓で水を掬い、飲み干した。

第二章　追撃・伊勢路

一

千国街道――。

糸魚川と信州松本を結ぶ《塩の道》である。

と言っても、運ばれた物は塩だけではない。古くは翡翠や黒曜石が、この頃には麻や煙草や海産物などが街道を行き来した。

それだけ物の往来があったにもかかわらず、千国街道では参勤交代の大名はおろか旅の者の姿すら滅多に見掛けなかった。

牛馬による荷の運搬を専らとし、並の者の通行に用いられることはまれだった。旅で使うにはあまりに険阻だったのだ。厳寒期になると牛馬でも峠を越えられず、荷を運ぶのは人力に頼るしかなかった。歩荷である。

街道の西に聳える燕岳の山裾に、飛騨の忍びの血筋を引く集落があった。

その集落の者たちは歩荷で生計を立てていたのだが、戦国の世の訪れとともに、強靱な体力と、危険な務めを嬉々として引き受ける向こう見ずな気質を見込まれ、秘かに殺しを依頼されるようになった。生死の境にいることを厭わぬ者たちである。金品で殺しを請け負う《暗殺集団》へと変貌を遂げるのに時間はかからなかった。

燕忍群の誕生である。

頭領は代々綜堂を名乗り、当代は七代目に当たる。

綜堂は、これまでの暗殺を書き留めてある暗殺帖《燕秘帖》を閉じ、瞑目した。

加賀前田宰相の御継嗣は、これまでの標的の中で一番の大物だった。

依頼を果たせば、徳川御三家の一つ紀州徳川家のお抱えに推挙して貰えようが、しくじれば集落の存続さえ危うくなるだろう。

困難は予想されたが、紀州家附家老安藤帯刀直次の一言は信頼するに値した。

これまでに二度、此度の件で都合三度会っていたが、武士として気圧されることはあっても、失望することはなかった。大御所家康の下で重職を務めた者としての自負と威厳に満ちていた。

依頼通り御継嗣を闇に葬れば、安藤帯刀は必ず約定を果たしてくれるに相違ない。

白湯を口に含み、ゆっくりと飲み下した。

にわかに表が騒がしくなった。

板廊下を摺り足で近付いて来る音がした。寄る年波と怪我により、戦働きを終え、屋敷の務めに回っている甚兵衛だった。

「何ぞ起きたか」

「八束配下の下忍が戻りましてございます」

綜堂は、紀州田辺の瑞雲寺で安藤帯刀と会った後、八束の下忍から床下に忍びが潜んでいた旨の知らせを受けた。

即刻駆け戻り、本堂の床下を調べてみた。

柱をのせた礎石の脇に、人一人がすっぽり隠れられる程の穴が穿たれていた。

忍びは本堂での話を、板床、柱、礎石を通して聞いていたのである。生半可な忍びに出来る技ではなかった。

（柳生か……）

柳生に《土蜘蛛》なる技があると聞いたことがあった。土中に潜み、石や木材を伝わり来る声を聞く術である。

（油断であった）

いくら柳生の目が、遍く天下に張り巡らされているとは言え、田辺の山深き寺にまで及んでいようとは、考えもしなかったのだ。

（動きを読まれておったのか）

安藤帯刀が和歌山の城下を出た時から張り付き、田辺、瑞雲寺と先回りしたとしか思えなかった。

（流石、柳生よ）

敵ながら、天晴であった。

綜堂は逃げた忍びを追わせるのと同時に、木之本にある柳生の隠れ屋敷を探らせた。江戸の柳生屋敷が、将軍家兵法指南という表の顔を取り繕った城であるならば、木之本に設けられた隠れ屋敷は、裏の顔を前面に押し出した砦だったからだ。四囲に張り巡らされた仕掛けに触れたためにこちらの存在に気付かれ、やむなく留守居の者を殺し、屋敷を焼く結果になってしまったが、木之本には安藤帯刀と燕忍群を結び付ける書き付けなどは何もないことが分かった――。

「首尾は？」

大凡の想像は付いた。

容易く片が付いておれば、表の騒々しさはない筈だ。とは言え、小頭の八束が、たかが安藤家に張り付いていた忍びごときに後れを取るとは考えられなかった。

「小頭と配下の者六名が落命。三名の者がそれぞれ、腕、手首、足首を斬り落とされてございます」

「……信じられぬ。八束が破れたのか」

「残念ながら」

「して、目当ての者は？　逃がしたのか」

「忍びの始末は付けられたのでございますが、思わぬ助っ人が現われ、邪魔されたそうでございます」

「何者だ？」

「槇十四郎と名乗ったと聞いております」

「槇……。知らぬな」

綜堂は、首を横に振った。

「先年、駿河大納言様が、駿河の御浜御殿で襲われたことがございました。襲うたのは、《七星剣》と言われた柳生の手の者……。大納言様をお助けした者が、確か」

綜堂は、はたと膝を打った。

「居合の達人であったな？」

「そのようでございました」

甚兵衛が目だけで頷いた。

「其の者に、我らが事が漏れたと申すか」

「忍びと堂宇で夜を過ごしておりますれば、恐らくは……」

「其の者は、今どこにおる？」

「伊勢山田に出てから、伊勢路を北上いたしております」

「襲うたのか」

「熊野で《崩し》にかけたそうでございます。一時は太刀を奪うなど、あわやというところまでは持ち込んだらしいのですが……」

敵を狭いところに誘い込み、周囲から一気に攻める。燕では、それを《崩し》

が、一斉に襲い掛かってきた遣り口である。

と言った。十四郎が立ち寄った茶店で、子供も含むそこに居合わせた者すべて

「しくじったのか」

「……左様にございます」

甚兵衛は、綜堂の表情を窺いながら、言った。

「八束配下の者から、もう一度《崩し》を、と願いが出されておりますが、何といたしましょうか」

「勝算はあるのか」

「しくじった時には、その場で咽喉を突くと申しておりました」

「覚悟は出来ておるという訳か」

「正に」

「六人衆だが、近くに誰かおるか」

「生憎……」

「ならば、止むを得ぬ。その覚悟に免じて、許してくれよう」

「ありがとう存じます。かたじけのうございます」

甚兵衛が、我がことのように礼の言葉を口にした。

「しくじりは許さぬと、よくよく申しておけ」

「承知いたしました」

甚兵衛が板襖の向こうに消え、摺り足が遠退いた。

綜堂は歯嚙みしながら、燕岳を見上げた。

（槇十四郎。此奴の息の根を止めねば、動けぬか……）

安藤帯刀との約定があった。

（我らが紀州家お抱えになれるかどうかの瀬戸際じゃ。必ず血祭りに上げてくれる）

二

十四郎は、伊勢山田から伊勢路に入るやひたすら歩き、夕刻には白子に着いていた。伊勢山田からでも約十三里（約五十一キロメートル）ある。

毒を吐き出して無理矢理抜いた身体には無茶だったのだろう、白子の宿に着いた時は、熱のため節々がひどく痛んだ。

呼び込みの女に袖を引かれ、宿外れの旅籠に草鞋を脱いだ。

十四郎を一目見て、番頭が顔を顰めそうになった。羽織を着けず、足袋も履かず、総髪を後頭部で束ねた薄汚れた浪人は、上客には見えなかったのだ。そのような応対には慣れていた。

「世話になるぞ」

心付けをたっぷりと与えたのが効いたのだろう、広間に通され、医師も呼ばれた。

医師の診立ては疲れと食中毒だった。

薄い寝具にくるまり、眠りに就いた。

暫くして、雨音で目が覚めた。

降り荒び、雷鳴も轟いている。廊下を行き交う足音が喧しい。

一つの足音が、近付き、止まった。

「お武家様」

番頭の声だった。宿に着いた時は、ご浪人様と呼ばれていた。心付けの効果で格が上がったのか、それとも下手に出ないといけない訳でもあるのか。果たして後者だった。揉み手をして下手に出て来る時は、頼み事がある時と相場は決まっている。

「相済みません」

その一言で、相部屋になる者たちが列をなして、入って来た。お店者(たなもの)主従に巡礼の母子、薬売りに武家夫婦と十二、三歳の息子。総勢八名

が、床の間を背にして横になっている十四郎の前で、荷を解いた。

「お武家様」

と薬売りが膝で這(は)って来た。

「お加減が悪いと聞きやしたが、いい薬がございやすよ」

「先程、町の医師に診て貰ったばかりでな」

「ありゃ、駄目でやす」

薬売りが顔の前で手を横に振った。

「鯰髭(なまずひげ)の道軒(どうけん)でございやしょ?」

のっぺりとした顔に鯰のような髭を生やしており、道軒と名乗っていた。

「その者だ」

「道軒では石仏の腹痛(はらいた)すら治せやせん」

「そんなに腕が悪いのか」

「駄目でやすね、あっしが保証しやす」

薬売りの話し方が面白いのか、巡礼の母子が手を止めて見ている。

薬売りが大きな風呂敷を解いて四角い柳行李を取り出した。蓋を取り外すと、二段の行李にぎっしりと薬が詰め込まれていた。

「水が合わずに、腹を下すお方がいらっしゃいやすが、黄蘗の木の皮と石蕗と吾亦紅の根を煎じて飲めば直ぐに治りやす。いかがでございやすか」

「見てもよいか」

「どうぞ」

薬は布袋に仕舞われていた。摘み出し、掌にのせた。黄色い小さな木片が見える。前歯で噛んだ。黄蘗の苦みが口に広がった。

「貰おう」

「ありがとうございやす」

「私にもいただけますか」

巡礼姿の女が言った。

「よろしゅうございやすとも。娘さんに飲ませる時は薄めに煎じて下さいやしよ」

「熱冷ましと毒消しはあるか」

「これだけあるのでございやす。ない筈がないでしょうが」

薬売りは、行李のあちこちから布袋を取り出した。

「男郎花と猪独活の根と露草の茎でございやす」

煎じて飲むと熱冷ましになった。毒消しとして、接骨木の根と忍冬の花の干したものを求めた。

「あっしはね、商いのために売っているんじゃございやせん。お武家様のようなご病人をお助けするのが嬉しいんでございやすよ」

「助かった。礼を言うぞ」

薬売りが満足げに下がって行ったのと入れ違いに、巡礼の娘がとことこと歩いて来た。七つか八つ位だろう。

「お熱があるの？」

と十四郎の顔を凝っと見ながら言った。

「そうだが……」

十四郎が相手をしたことのない年齢だった。戸惑っていると娘の掌がすっと伸び、十四郎の額に触れた。娘が裾を翻して、母親の許に走った。

「母様、熱い」

いた。

「まあっ」

おずおずとにじり寄った母親の手が、額に触れた。娘と違い、冷たい掌をして
「お薬を煎じて差し上げましょう」

「いや、私が……」

「ご病人は、寝ていなければなりませんよ」

母親の立てる足音が、廊下を遠退いて行った。

娘が枕許に座り、にこっと笑った。十四郎も笑ってみせた。

夕餉になった。

配膳の小女が二人、膳を積み上げて座敷に入って来た。

「どこに置いたらいいかね？」

一人がお店者に訊いた。お店者は皆を見回してから武家の一家に尋ねた。

「いかがいたしましょうか」

「身共らは、この辺りで勝手にいたす故、膳を貰おう」

「私たちも、ここで」

お店者の主人らしい方が言った。

薬売りが、十四郎の近くまで膳を運んで来た。

「よろしゅうございやすか。一人では味気無いもので」

「構わぬぞ」

小さな中庭を挟んだ向こう側の廊下を、薬湯を捧げ持った巡礼の母親が、次いで小女が十四郎の粥を運んで来るのが見えた。土鍋から湯気が立ちのぼっている。

「来やした、来やした。こっちだ」

薬売りが小女を手招きした。

小女が障子の陰から現われた。微かに張り詰めたものが座敷に奔るのを、十四郎は感じた。常人ならば気付く筈もない、気の流れであった。膳に向かっていた薬売りが、素早く十四郎を盗み見た。箸を使っていた武家夫婦の動きが、にわかに遅くなった。巡礼の娘から微笑が消えた。

「おいおい」と十四郎が、座敷の者どもを見回しながら言った。「皆の呼気がぴたりと合ったぞ」

それぞれの箸が止まった。次の瞬間、小女が十四郎に土鍋を投げ付けた。咄嗟に土鍋を躱した十四郎は、寝具の中に忍ばせておいた脇差を抜き払い、薬売りの肩から胸を袈裟に斬り裂いた。血潮が棒のように噴き出した。十四郎は薬売りの肩を摑み、背を向けさせると、小女の方に放り投げた。小女と薬売りが、ひと塊になって転がった。

前方と左右から武家夫婦とお店者主従が、刃を突き立てて来た。

太刀を摑み、引き抜きざまに足を狙った。

足首を掬われた武家の妻とお店の主が、倒れ込んだ。二人の首筋に太刀が閃いた。

転がるようにして刃を躱した十四郎に、武家の主と息子が斬り掛かって来た。

息子の太刀を脇差で受けている間に、武家の顔面を縦に割った。

一旦飛び退いた息子と巡礼の娘が吹き矢を構え、薬湯を投げ捨てた巡礼の母とお店者が刃で脇を固めた。

息子と娘の銜えた筒から矢が放たれた。

寝具を切っ先で掬い上げ、吹き矢の盾にした。娘の放った矢が、寝具を躱し、十四郎の左手首に刺さった。即座に引き抜き、脇差を投じた。娘を庇った息子の胸に深々と刺さった。娘は、息子を見ようともせずに鉤手甲を両の手に付け、足に組み付いて来た。

躲した方に、母親とお店者の刃が追った。

母親の頬を鞘で打ち叩き、お店者の腹を裂いた。

「何をしておる？　かかれ」

娘が母親に命じた。七つ八つの声ではなかった。目を剝いた表情は十七、八になっていた。

顎の骨を砕かれ、口から血を滴らせた母親が、前転した後天井近くまで飛び上がり、下りざまに短刀を手にした腕をぐいと伸ばした。

十四郎の太刀が、肩口に入った。母親は巡礼衣装を血に染めて、動きを止めた。

小女と娘が残った。

「まだやるか」

「世迷い事を叩くでないわ。止めを刺すは、我らよ」

娘は小女に目配せすると、ひょいと小女の腕に飛び乗った。途端、間髪を容れずに小女が娘を十四郎に放り投げ、娘の後から刃を繰り出した。

娘が鉄の爪を立てた。十四郎は横に飛び退きながら、胸から腹を斬り払った。娘の内臓が弾けて飛び散った。血潮を掻い潜って、小女の刃が伸びた。下から斬り上げた。小女の右腕が飛んだ。小女は落ちていた短刀を左手で拾うと、突いて来た。肩口から袈裟に斬り下ろした。

九つの死骸が転がった。

騒々しいが何事かと、様子を見に来た番頭が、転げるようにして廊下を駆け戻って行った。十四郎は血振りをくれ、鞘に納めた。

左手首が疼いた。

僅かに血が流れている。吹き矢に毒が塗ってあったか。

（直ぐに手当をせねば……）

脂汗が、背を伝った。

小柄で針穴を抉り、血を吸い出した。懐を探った。吉三の遺した小袋の中の毒消しは四粒しかなかった。飲んだ。

毒消しの量が心許無かった。

薬売りから求めた接骨木の根と忍冬の花の干したものを取り出し、井戸端へ下りて洗った。接骨木の根と忍冬の花の煎じ薬は見たことも、飲んだこともあった。本物に間違いなかった。賄いに行き、湯を貰い、浸した。

小柄で抉った傷口から血が滴り落ちている。

十四郎は、血の滴が描く絵模様を見下ろしながら、追っ手の尋常ではない執念に、己一人の裁量ではどうにもならぬ、何か巨大な陰謀が進められているのだと、改めて強く感じた。

（一刻も早く伯父上に知らせねばならぬ。それは分かっているのだが……）

この身体で襲われたのでは、己を守り切る自信がなかった。追っ手の目を掠め、人知れず山に入り、一刻も早く毒気を抜く。それが最良の方法のように思えた。

宿役人が来るのを待った。

三

紀州和歌山城。東照権現（家康）の十男・頼宣の居城である。

柳生七郎の見上げる虎伏山に築かれた城郭は、五十五万五千石の太守に相応しい威容を誇っていた。

（龍虎か……）

頼宣は自らを南龍と呼び、南龍公と呼ばれることを好んでいた。龍が虎に住んでいるのである。七郎は、きな臭いものを感じながら、城下の大手筋を南下した。

市堀川にかかる京橋を渡ると三の丸に出る。七郎は京橋の手前を西に折れた。夕日が正面に回った。

剣術指南・小夫朝右衛門の屋敷に、程無くして着いた。小夫は、柳生の庄の羽目板に、最も多くの汗を染み込ませた男として語り伝えられる剛の者だ。その一方、小柄で観音像を彫るような静かな面をも持ち合わせている。一別以来四年になる。

「若様、ようお出でになられました」

朝右衛門が、廊下を飛ぶようにして現われ、式台に手を突いた。

「突然に済まぬな」

「何を仰せになられます。ささっ、お上がり下さりませ」

そこで、まだ濯ぎが用意されていないのに気付き、

「何をいたしておる」

家人を叱り飛ばした。

「よい、気にするな」

「申し訳ございませぬ」

奥に通された。

手入れの行き届いた庭の片隅に、薬草が植えられており、それらを隠すように月見草の黄色い花が凛と冴えていた。

「京からのお帰りでございますか」

気儘な旅だと信じているらしい。七郎は、少し眉を顰めてみせた。

「木之本の隠れ屋敷が襲われたのを知らぬか。留守居三名が殺され、屋敷も焼け落ちた」

「何と？」

「そのことで参った」

「紀州と何か繋がりが？」

「ある」

殺された留守居の亡骸の腹を裂き、胃の腑を調べたところ、果たして一人が紙片を呑み込んでいた。

血文字で《き州》と書かれているのが、辛うじて読み取れた。

「恐らく、紀州に繋がる何かを賊から盗み聞き、咄嗟の判断で呑み込んだのであろう」

襲った者の手掛かりは、それしかなかった。

七郎は、木之本の処理を遅れて駆け付けた者たちに任せ、単身紀州へと駒を進めたのだった。

「何か、思い当たることは？」

「さて」と朝右衛門が首を捻った。「格別に、これと申して……」

剣の筋はよかったが、物事の裏を見る目はさして鋭くない。元来人が好いのかもしれぬ。

「斬り合いがあったとか、骸が見つかったとか、聞かぬか」

そう言えば、と言って朝右衛門が、僅かに身を乗り出した。

「中辺路辺りで何やら斬り合いがあったと家人が噂をしておりましたが」

家人を呼び、訊いたが、詳しいことは知らなかった。噂を耳にしただけであった。

「附家老の安藤様のお膝許、田辺が起点の道筋か」

「その安藤様でございますが、ここ数日、伏せっておいでと漏れ承っております」

「登城しておられぬのか」

「はい」

「あの爺様が、病とは思えぬな」

七郎の頭に、五年前の出来事がよぎった。

月末に大御所秀忠の上洛を控えた寛永三年（一六二六）五月のことだった。四卿と呼ばれる駿河徳川家、尾張徳川家、紀州徳川家、水戸徳川家の供奉の行列順位を巡り、安藤帯刀直次から異議が申し立てられた。

幕府が決めた順位は、尾張、紀州、駿河、水戸となっていた。

供奉の行列とは――。

上洛した秀忠と家光が、九月六日に二条城で後水尾天皇始め中宮、中和門院、女一宮らをお迎えする、いわゆる行幸の当日、家光自らが迎えに出向く際に組む行列のことである。

五月の時点での四卿の官位、石高は、

尾張徳川義直　正三位権中納言　五十六万三千二百六石
紀州徳川頼宣　正三位権中納言　五十五万五千石
駿河徳川忠長　参議左近衛権中納言　五十五万石

水戸徳川頼房　正四位下左近衛権少将　二十八万石

だった。幕府が決めた順位は、これに則ったものだったが、安藤帯刀は、

「権現様の御子の間に、たとえ大御所様の御子であり、将軍家の御弟君であらせられようとも、駿河中納言様をお入れするのは納得し難い」

として、駿河と水戸を入れ替えるよう、秀忠に強硬に申し入れて来たのだった。

この時の順位問題は、結局安藤帯刀が折れ、決められた順位のままで落着したのだが、当時西の丸筆頭年寄として裁定を下した土井利勝も、将軍家のお血筋よりも東照権現のお血筋に固執する安藤帯刀に、そしてその背後にいる頼宣に、どこか危ういものを感じ取っていたようだった。

「鬼の霍乱だと、皆も申しておりました」

「常ならぬことが起こった時は、まず常ならぬことをした者を疑う。これが鉄則ぞ」

七郎は眦を上げ、快活に言った。

「これから田辺に参る。済まぬが、飯を食わせてくれぬか」

「お安いことでございますが、これから行かれるのでございますか」

「性分だ。朝までなど、とても待てぬ」

和歌山から田辺までは二十三里半、約九十二キロメートルある。健脚の者でも三日掛かりの行程だが、一夜に三十里を歩くという忍びならば苦もない距離だった。

ましてや七郎は、徒歩ではなく、馬を乗り潰すつもりだった。朝が来る頃には、疾うに田辺に着いている。

「変わられませぬな」

朝右衛門は家人に夕餉の支度を急ぐよう言い付けると、縁側に出、手を叩いた。

「ここに」

直ぐに答えが戻って来た。

「若様が田辺まで行かれるそうじゃ。夜道のこと故、抜かりなく案内をいたせ」

「心得ました」

庭箒を手にした老人が、足早に立ち去った。

「忍び上がりの小者で松助と申します。夜目が利きますので、便利に使うて下され」

「気遣い、忘れぬぞ」

夕餉の膳が運ばれて来た。

七郎は箸を取ると、飯に湯を掛け、咽喉に流し込んだ。


七郎は、内心舌を巻いていた。

忍び上がりとは言うものの、松助は年が行っている。足手纏いにならねばよいがと危惧していたのだが、その健脚振りには目を見張るものがあった。

率直に思いを伝えた。

「恐れ入ります」

松助が走りながら答えた。

だが七郎は、松助の走りに微かな違和感を覚えていた。速いだけでなく、足の運びにも息にも乱れがない。そこが引っ掛かった。

試しに、殺気を送ってみた。踏み迷う気配も見せずに、松助はすっ、と間合いを外した。肌で覚えた身のこなしだった。

「其の方、小夫の家人松助ではあるまい。いずれの忍びだ？」

「…………」

「申せ」

「…………」

馬上の七郎と、並走する松助と名乗る男との間の闇が、濃くなった。

男の目が右に動き、七郎を捉えた。

七郎が男を斬るには、抜いた刀を左方に振り下ろさなければならない。一動作ではなく、二動作が必要だった。

その一呼吸の後れが、命を分けることになる。

男は懐に手を入れると、短刀を抜き払い、七郎に飛び掛かった。

「…………！」

七郎の姿が鞍上から消えていた。

男は頭上を見た。

夜空に貼り付くようにして、七郎がいた。

七郎の腕が閃き、刃風が男の耳許で鳴った。首筋から血が噴き出した。頭の中が白くなった。

男は馬の尻に落ち、後ろ脚で蹴られ、地に叩き付けられた。痛みは感じなかった。

骸となっていくのだ、と思った。閉じようとした目に、走り来る二人の男の姿が見えた。騎上の小夫朝右衛門と、己が顔と姿を借りた松助だった。

「七郎様、お怪我は？」

朝右衛門が、血に塗れた骸を見下ろしながら言った。

「誰に言うておる？」

「申し訳ございませぬ」

「まあ、よいわ。直ぐに偽者と気付かなんだは、俺の手落ちだ」

「松助を見付けた時は、焦りました」

支度をしに小者部屋に戻ろうとした松助は、当て身を食らい、縛り上げられていたのだった。

「何者でございましょう？」

朝右衛門が訊いた。

「分からぬ。調べてみよう」

骸を馬に乗せ、海辺へと場所を移した。

三人で流木を拾い集め、焚き付けた。

偽松助の変装を解き、衣装を剝いだ。股引きと胸当て、手甲に脚絆、下帯も外した。

正体を示すようなものは持っていなかった。

「分かりませぬな」

朝右衛門が七郎の横顔を見た。

七郎は、松助の指先を見ていた。松助は偽者の肩や腰の肉の付き具合を調べている。

「恐らく」

と松助が、手を止めて言った。

「飛驒の忍び、燕忍群と思われます」

「何故、そう思うた?」

「第一に、肩の肉の付き方でございます」

鍛練と称して、今でも務めのない時は歩荷に出ているのでございます、と松助が言った。

「肩肉の盛り上がりと腰の張りは、他の忍びの及ぶところではございません」

「よう見抜いたの」

七郎が鋭い目を松助に向けた。

「随分と昔のことでございますが、燕と立ち合うたことがございます」

「倒したのか」

「敵は一人。こちらは六人で、ようやく……」

「そうか」と七郎が、眉を寄せた。「燕だとすると厄介だな」

物問いたげな顔をしている朝右衛門に、

「殺しで」と言った。「生業を立てているのが、燕なのだ」

「とすると、誰かを狙うておるのでございましょうか」

「であろうな」

「紀州様でございましょうか」

「そうとは限らぬ。紀州公のご意向を受けて、何者かが燕を放ったのかもしれぬぞ」

「まさか」

絶句した朝右衛門に、とにかく、と七郎が言った。

「田辺に参り、中辺路を歩いてみよう」

四

田辺の城下は、朝もやの中にあった。

朝右衛門の案内で、内の川沿いの小高い森にある隆叢寺を訪ねた。

住持は朝右衛門の禅の師であり、碁敵であった。

「このように朝早くから、何とされました？」

住持が目を見張っている。

朝右衛門は七郎を振り返り、主筋に当たられるお方でしてな、と住持に話した。

「ちと熊野をご案内しようと思うたのですが、あまり時をかけられぬ、との思し召しでしてな。このように早うから伺い、ご無礼します」

「大辺路でございますか」

「いえ、中辺路のつもりですが」

大辺路が田辺から海岸線をぐるりと回って伊勢・本宮へ行く道筋であるのに対

し、中辺路は険しい山中を歩かなければならなかった。

「それはご苦労なことでございますな」

まずはお休みなされ。住持は三人に僧堂に上がるよう促した。松助は、遠慮して裏の庫裏に回った。

「握り飯でも作らせます故、お持ちになられるがよろしかろう」

「かたじけない」

「何の、造作もないことでございます」

僧堂のひんやりとした板床と吹き抜ける風が、爽やかだった。七郎と朝右衛門は、袖を広げて涼風を入れた。

冷えた水を運んで来た小坊主が去ると、入れ替わりに住持が来た。

「中辺路で斬り合いがあったとか、家人が騒いでおりましたが」

と朝右衛門が訊いた。

「御坊のお耳にも達しておりましょうか？」

「詳しいことは知りませぬが、そのようでございますな」

住持は七郎の方には目を向けず、

「同じ日のことでございますが」と言った。「この田辺の地で、ご領主様のお姿を見た者がおります」

「と言われると、安藤帯刀様でございますか」

「正に」

住持が頷いて見せた。

「附家老として、常に和歌山の御城に詰めておられるものとばかり思っておりました。お珍しゅうございますな。何用あってお越しになられたのであろうか」

「拙僧には分かり兼ねますが、帯刀様がこちらへお越しになられたのは、転封なされた時以来のことでございます」

「十二年振りのことか……」

七郎がぽつりと言った。

「よう安藤様とお分かりになられましたな」

「僧籍にある者なので、和歌山での法要などに呼ばれるのでございます。その時に見覚えたのでございましょう」

「何やら動きがございますな」

朝右衛門が七郎に耳打ちした。

七郎は聞こえぬ振りをして、漸く途切れはじめた朝もやを見詰めていた。

七郎と朝右衛門の馬を隆叢寺に預け、三人は風を巻くようにして走った。

松助は老いたりと言えども忍びの鍛練をした者であり、七郎と朝右衛門は武道で鍛えてあった。速かった。

木立が、林が、見る間に背後に飛んでいった。

「何も見落とすな。藪の中まで見通せ」

七郎の叱咤が飛んだ。

だが、手掛かりになるようなものは何も見出せなかった。

万呂を通り、三栖を抜け、滝尻王子に着いた。

王子社後ろの坂道を上ると、岩肌に黒い染みが付いていた。

血だった。集っていた蠅を手で払った。乾き具合からして、恐らく七日から八日は経っているだろう。

僅かに残った血の染みを追って、先を急いだ。

「七郎様」

大門王子の側の窪地だった。厚く撒き敷かれた落葉の底に、男の亡骸が隠されていた。背を斬り裂かれ、腹部には数箇所の刺し傷があった。

見覚えがあった。紀伊に配されていた柳生の下忍だった。

握り締めている左の掌を開いた。縦に一筋の傷があった。味方の一人が逃げているという印だった。

（でかした）

埋めている暇が惜しかった。合掌し、落葉を被せた。

悪四郎山を越え、上田和峠、逢坂峠を後にした。木立の中を苔むした古道が延びている。箸折峠を上って下りた。

日が傾き始めている。

一日の行程としては満足すべき距離だった。

「塒を探しながらゆるりと行くぞ」

七郎は先頭に立ち、左右に目を配りながら歩を進めた。

岩棚か巨木があれば、夜露は凌げた。

「中々ございませぬな」

朝右衛門が空模様を見てから言った。

「お堂がございますが」

松助が左手木立の奥を覗き込んだ。

言われて見ると、確かにそれらしきものがあるが、陰の中に埋もれてしまっていた。

「よう気付いたの。手柄だぞ」

笑みを浮かべた朝右衛門が、木立の中に分け入った。

「待て」

「いかがなされました」

七郎が、枝を落とした細身の丸太を拾い上げ、裏に返した。

鋭い刃物で樹皮を削った後に、《吉》と一文字彫り込まれていた。

（吉三……）

七郎が、足許に目を落とした。

崩れてはいるが、何かを埋め、土を盛った形跡があった。恐らく通りかかった猪が、盛り上がった土を浴び、墓標を倒してしまったのだろう。土に猪の毛が絡まっていた。

「掘るぞ」

一尺下から、腐臭とともに、裸に剝かれたすが洩りの吉三の亡骸が出てきた。

髷は切られ、胃の腑が裂かれており、傷口には蛆が湧いていた。

七郎は蛆を一匹摘み上げると、育ち具合を確め、

「土の中とは言え、この暑さだ。埋められてから四、五日だな」

「夏場の野晒しの場合、五日で約四分（約十二ミリ）と申しますから、妥当なところでございましょう」

身体を隈無く調べたが、何も見当たらなかった。

（誰が、吉三を埋めたのか）

七郎は浮かび上がって来た疑念を呑み込みながら、埋め直すよう命じた。

土が被せられた。

改めて墓標を立て直し、松助が見付けた堂宇に向かった。

荒れていた。観音開きの戸は、両側とも引き千切られており、ない。

泥が運び込まれていたのか、中の汚れがひどい。

その汚れが七郎の目を引いた。汚れの少ない部分を囲むようにして、泥が落ちているのだ。

「松助、これをどう読む？」

七郎が尋ねた。

「恐らく」と松助が答えた。「着ていたものを脱ぎ、土を盛り、その上で煮炊きを試みたやに思われます」

「俺もそう思うのだが、柳生ではそのようなやり方はせぬ。誰ぞ、気の回る者がおったことになるな」

「誰でございましょう？」

それが誰であるかは分からなかったが、その者の遺骸はどこにもなかった。逃げたのか、連れ去られたのか。それとも、吉三が殺された時は、隠れていたのか。墓標として《吉》の一字を記し、埋葬したことからして、吉三の生前に言葉を交わし、生きてこの場を離れたことは間違いなかった。追い付けるか、探し出せるか。心許無かったが、追うしかなかった。

「その者が埋めてくれたとすると、何か知っておる筈ですな」

朝右衛門が、思い付いたように言った。

「そうであってほしいの」

言いながら、七郎が板床に腰を下ろした。刀を腰から引き抜き、続いて座ろうとしている朝右衛門に、

「白湯など、ご用意いたしましょうか」

と松助が小声で訊いた。

「いかがいたしましょう？」

朝右衛門が七郎に尋ねた。

「構わぬ。一夜のことだ」

隆叢寺で貰った握り飯を、竹筒の水で流し込んだ。

七郎と朝右衛門は壁板に寄りかかったまま眠り、松助は二人に背を向け、犬のように背を丸めて眠った。

朝が来た。

いつ降り出したのか、絹のような雨が木々を、草を濡らしていた。

「雨か……」

七郎は伸びをすると、脇差一つを腰に差し、堂宇の戸口に立った。刀は壁に立て掛けてある。

「雨水をいただきますか」

松助は堂を飛び出し、蕗の葉を探して来た。繁みから手頃な枝を採り、三つ足を作り、葉を置いた。

屋根から落ちる雨粒が、溜まり始めた。見ていた朝右衛門が外に出、松助を真似(ね)て仕掛けている。三つ足から葉が転げ落ちた。

「流石に忍びだな。器用なものだ」

堂宇に上がって来た松助に、七郎が言った。

「とんでもございません」

会釈(えしゃく)する松助に戸口を譲ろうと、七郎が脇に身体をずらした。松助が七郎の右脇を擦(す)り抜けようとした。

その時――。

松助の足が板床を踏み締めた。足指が板床を噛み、腰が据わった。

雨垂(あまだ)れが震えながら玉を結んだ。

松助の右腕が忍び刀の柄(つか)に伸び、水平に動いた。

雨垂れが露を結び、軒(のき)から離れた。

刃が光の筋を引き、閃いた。七郎の胴目掛けて唸(うな)りを発した。

露の中に風景が逆さに映った。露が砕けた。

鋭い痛みが、松助の手首に奔った。忍び刀を握っていた右手が手首から斬り落とされていた。

「ぬっ」

松助は飛び退きながら右手首を高く掲げると、左手に苦無を構えた。

「脇差だけなら、勝てるとでも思うたか。うつけめ。その腕では勝ち目はないわ。諦めい」

七郎が言った。

「七郎様！」

朝右衛門が軒下に駆け寄り、太刀の柄に手を掛けた。

「無用だ。俺が引導を渡してくれる」

「…………」

朝右衛門は、油断なく身構えながらも、七郎の言葉に首肯し、僅かに間合いを外した。

「いつから気付いておった」

「気付いてはおらぬ」

「…………」

「誰も信じぬだけだ」

「おのれっ」

松助は含み綿を吐き出すと、己の血で顔を拭った。血潮の中から、まだ四十半ばと見える素顔が覗いた。

「それが、汝の顔か」

松助の体勢が低くなった。

「二重の替え玉とはよう考えた。昨夜の内に襲わなんだは、俺と朝右衛門がともにおったからか。だが、詰めが甘かったな。名は何と申す？」

「燕忍群、貉兄弟と覚えておけ。先の松助は俺の弟よ」

貉は苦無を腰に構え、七郎に突進した。

七郎の身体が僅かに横に動いた後、脇差が一閃した。

貉が堂宇から転げ落ち、小雨の中に倒れ込んだ。

朝右衛門は雨中に走り出、貉と名乗った男の首筋に手を当てた。事切れていた。七郎を見上げた。

「此奴は？」

「二人目の、偽の松助だ。おそらく本物の松助は、隆叢寺の庫裏に向かったところを襲われて、薬で眠らされ、またしても顔を盗まれたに相違ない。二度も己が狙われるとは思ってもおらなんだろうから、油断したのだ。顔を盗むには、生者の面が良いと聞いたことがある。殺されてはいないだろう」

「……度重なる不調法、朝右衛門、面目次第もございませぬ……」

「一刻も早く隆叢寺に戻り、松助を見付けてやるがいい。無闇に責めてはならぬぞ」

朝右衛門は、暗然たる面持ちで、七郎の顔を見詰め続けた。

五

十四郎に対する宿役人の調べは、簡単なものだった。

土井家が出した身分の証があり、しかも今を時めく老中・利勝の甥であることが書き加えられていたのだから、詮議などないも同然だった。

直ちに解き放たれたまではよかったが、旅籠で襲われた時に受けた毒が身体に残っていた。問屋場の奥を借り受け、傷の手当をしながら夜を明かすことにした。

「何かございましたら、お申し付け下さいまし」

問屋の後ろで畏まっていた年寄が言った。江戸の伯父へ早飛脚を頼むか、という思いが一瞬脳裡をよぎった。だが、書状に託そうにも、はっきりとしたことは何も分かっていなかった。十四郎は出掛かった言葉を呑み込み、その代わりに年寄に、身体をすっぽりと包む程の大きな渋紙と干し飯に雑穀、そして鍋に味噌などを求めた。四、五日の間、山に籠もるのに必要なものだった。

山に籠もるのは、慣れていた。身体が思うように動き、塩と味噌さえあれば、半年は楽に過ごせた。街道や宿場にいるより、山の中にあって剣を振るい、木の実を採り、小鳥を捕えている方が、気楽だとも言えた。

しかし、此度は違った。

身を隠し、燕忍群の襲撃を避けるのと同時に、毒気を抜き、体力を回復させなければならなかった。

傷付いた獣が巣に籠もり、怪我を癒すのに似ていた。

夜の明ける前に、宿場を離れた。

尾行の有無を確かめながら白子宿から海沿いに桑名に進むと見せて西に折れ、亀山宿の手前で鈴鹿の山に分け入った。

山に入って一刻（約二時間）余、水場から四半刻（約三十分）余のところに、大岩が庇のように突き出ている窪地を見付けた。

革袋から火薬を取り出し、枯れ葉に撒き、火を点けた。炎が噴き上がり、硝煙が立ち込めた。窪地を塒にしていた小虫が逃げ出した。

　煙を払い、枯れ枝と枯れ草を集める。寝床が出来た。

　手頃な石を三方に据え、竈を作った。

　食料と味噌を背負い、鍋を手に水場に戻った。途次竹林に寄り、太めの竹を手に入れた。

　食料を背負ったのは、塒を離れている間に、獣に食べられたことがあったからだ。

　水場から戻り、竈に火を点け、鍋をかけた。

　手首が腫れ上がり、曲がらなくなっていた。手拭に竹筒の水を含ませ、手首に巻き付け、横になった。横になる前に、薬草を湯に入れた。知らぬ間に、眠ってしまうことを懸念したからだった。

　果たして眠ってしまっていた。

　沸いた湯が冷めている。細切りの布を浸して手首に巻き、残りの薬湯を飲み干した。鍋に水を差し、また火を点けた。

　遠くで獣の啼き声がした。

　山の夜の音だった。

気配で目が覚めた。

闇を見透かして、生き物の目が、十四郎を見ていた。殺気はない。ただ凝っと動かずに見続けている。

夜の明ける少し前だった。この窪地を塒にしていたものか、塒にしようとしたものが、様子を窺(うかが)いに来たのだろう。

焚き火は消え、薬湯は冷め切っていた。熱で乾いた細布を薬湯に浸し、巻き直した。それだけのことで、息が上がった。渋紙を肩から掛けた。

（駄目だ。とても動けぬ）

心の中で、塒を失くしたであろう、闇の中の生き物に詫(わ)びて、また目を閉じた。

夢を幾つも見た。心弾まぬ不快な夢だった。汗が噴き出し、首筋を流れ、襟(えり)や腋(わき)の下を濡らした。いいぞ、と思う心が、どこかにあった。これで、熱が下がる。

枯れ葉が鳴った。小さな生き物が、踏み付けたらしい。

目を開けた。

夜が明けていた。

身体から熱気(ねつけ)が随分と抜けていた。

竈を挟んだところに山兎(やまうさぎ)がいた。思わぬ近さだった。目が合った。

山兎は前脚を上げ、背筋を伸ばしたまま固まっている。

「そう固くなるな」

言いながら十四郎は、手首の細布を解いた。心なしか、手首の腫れが引いていた。

(峠は越えたな)

十四郎は竹筒の水を飲み、残りを鍋に空け、火を点けた。

一旦は逃げていた山兎が、戻って来て、十四郎のやることを見ている。

山兎は、臆病(おくびょう)な癖に、好奇心が強かった。ために、捕まっては殺されるのだが、身体の回復し始めた十四郎には、慰(なぐさ)めになった。

「おいっ」

と声を掛けた。

「暫く遊んで来い。飯が出来たら、呼んでやるぞ」

沸いた湯に干し飯を入れ、少し煮込んでから味噌を落とした。味噌粥である。

食べ、力を付け、江戸まで駆けねばならない。

二日目が過ぎ、三日目となった。熱は下がった。手首を回すとまだ痛んだが、腫れは随分と引いていた。

四日目が明けた。刀の素振りを始めた。僅かな間だが、身体が鈍(なま)っていた。

無駄な汗を噴き出させようと、ひたすら太刀を振った。

朝に振り、昼に振り、午後も振った。日が傾いた。

構えた。正眼に構え、意識を集中した。

木々の間を吹き抜ける風が頬に心地よかった。

葉が散り、枝が擦れ、鳥が騒いだ。

閉じた瞼(まぶた)に、山の様子がありありと見えた。

叢(くさむら)で微かな音がした。

(来たな……)

ゆるりと目を開けた。

山兎が、木陰から鼻を動かしながら見ていた。

「明日、山を下りる」

と話し掛けた。

「無理せず、達者に生きろよ」

何を言われたのか分かったのか、山兎は慌てて藪の奥へと消えた。

六

十四郎は亀山宿近くで東海道に出、桑名に向かった。桑名まで八里と二十六町（約三十四キロメートル）。そこから熱田（あつた）までは、七里（しちり）の渡しがあった。舟に乗り、少しでも身体を休められれば、明日からはまた無理が利く。街道を急いだ。生憎（あいにく）風向きが悪く、舟足（ふなあし）は遅かった。熱田に着いたのは夜中になってからだった。

船宿に泊まり、夜明けとともに鳴海宿（なるみしゅく）を目指した。一里半（約六キロメートル）。鳴海から池鯉鮒（ちりふ）までが二里三十町（約十一キロメートル）。宿場を一つずつ越えながら江戸に向かうしかない。

歩きながら、ふと水木のことを思った。

蓮尾水木。土井家の細作（さいさく）の頭領だ。

七星剣との戦いの中で負傷し、生死の間をさ迷った後、もし、と言った。命があれば、お慕いしてもよろしいでしょうか。水木が口にした、命があるのは、水木のことではなく、樋沼潔斎との戦いを控えた十四郎のことだったが、とにかく二人は生き抜いたことになる。だからと言って、二人の仲が深まったという訳でもなかったが、十五の歳に土井家を離れ、一人剣の道を歩き始めた十四郎にとって、心許せる女であることは違いなかった。

その水木と、昨年江戸から駿河まで行をともにした時、東海道には四箇所の隠れ家があると聞いた。その一つは、十四郎も宿泊した小磯であった。

（他は、どこと言うておったか……）

尾張の近くであったような気もするし、もっと京寄りであったような気もする。確かなことが思い出せなかった。

拳で頭を数度叩いた。

乾いた音が気持ちよく立ったが、何も思い出せなかった。もう一度叩いた。

「槇様」

名を呼ばれたのは、強く叩き過ぎて頭を抱えていた時だった。

「百舌ではないか」

旅の商人の形をしているが、水木配下の細作だった。

「左様にございます。覚えていて下さいましたか」

百舌が、日に灼けた黒い顔を歪めるようにして笑った。

「よいところで、出会うたわ」

十四郎は思わず駆け寄り、尋ねた。

「頭領は、どこにおる？　江戸か」

「どうなされました？」

「何か大掛かりな陰謀が密かに企てられているらしい。しつこく命を狙われている」

見てみろ、と左手首を見せた。

腫れは殆ど引いていたが、小柄で抉った傷はまだ治っていない。

「毒でございますな。どのような手当をなされました？」

吸い出してから、薬湯に浸した細布を巻いたことを話した。

「それでよろしゅうございましょう。で、お加減は」

「それどころではないのだ」

この近くに、小磯のような隠れ家はないのか。十四郎が訊いた。

「詳しく話す故、頭領に伝えてほしいのだ」

「少し戻ることになりますが」

「構わぬ」

「分かりました。ご案内いたしましょう」

百舌は踵を返すと、先に立った。

隠れ家は、尾張と三河の国境にある境橋の手前、芋川の外れにあった。小磯の隠れ家と同じく、茅葺きの百姓家だった。

留守居の老夫婦に迎えられ、十四郎は百舌とともに板の間に上がった。火照った足裏に、板の冷たさが心地よかった。

冷えた井戸水が供された。

「美味い」

十四郎は三杯立て続けに飲み、一息入れ、申し訳ないが、と老爺に握り飯を頼んだ。

「味噌を付けましょうか」

「頼む」

「あちらで用意して参ります。ごゆるりと」

老爺が老婆に目配せしながら、板の間から土間に下りた。

「槇様、お話というのは？」

百舌が、足音が遠退くのを待って、訊いた。

「話は、私が熊野街道を歩いて……」

家の表で激しい物音が起こった。足の運びで、立ち合いだと知れた。遅れて、刃のぶつかり合う乾いた音が届いて来た。

十四郎と百舌は互いに見交わすと、右と左に飛んだ。十四郎は家の外へ、百舌は老夫婦の側へと走ったのだ。

幸い、老夫婦には何事もなかった。家の外には誰もいなかった。

埃のにおいが立ち込めているだけで、人影はない。

（…………！）

身構えた十四郎の頭上から、三つの影が落ちて来た。

一つは侍で、二つは忍びだった。

侍に見覚えがあった。

柳生七郎だった。

七郎も、その時になって十四郎に気付いたらしい。

「どうして、ここに？」

七郎と十四郎が、同時に同じ言葉を発した。

七郎と刃を交わしていた二人の忍びは、隙を付いて逸早く逃げ出したらしく、姿を消していた。


「怪しげな振る舞いに及んでいるやに見えたので、誰何したところ、にわかに刃を向けて参りましてな」

七郎は土井家細作の隠れ家に入ると、ゆるりと見回しながら、続けた。

「考えてみれば、十四郎殿が土井家に関わる家にいらしても不思議はないのですが、突然のことで焦ってしまいました。取り逃がしたは、不覚と言わずばなりませぬな」

七郎にしては多弁であった。

それだけ私に出会うたことに圧されているのだろう、と十四郎は思った。ならば、まだ私を越えてはおらぬな。

「小磯は二年前、ここは、五年前から知っておりました」

百舌が、七郎を睨(にら)むようにして見詰めた。

「其の方と会うたは小磯の近くであったな」

六日前になる。

「大層急いでおられましたが、木之本に向かわれたのでございますか」

「知られておったか」

「おおよそのところは」

百舌が、得意げに鼻を蠢(うごめ)かせた。

「木之本で何かあったのか」

十四郎が百舌に尋ねた。

「隠れ屋敷が焼かれ」七郎が答えた。「留守居の者が三人殺されたのです」

隠れ屋敷は柳生家の隠れ家のことだと、百舌が横から口を添えた。

「いつのことだ?」

「八日前になります。知らせを受け、東海道を駆けるうちに、百舌と出会うたのです」

「ちょうどその翌日だが、人を一人助けた」と十四郎が七郎に言った。

「すが洩りの吉三なる者を、存じておるか」

「では、吉三を？」

「助けたのだ。熊野でな。七日前の昼頃だ。尤も、その後で殺されてしもうたが」

「すると、あの墓は……」

枝を払った丸太に、《吉》と一文字書いただけの墓だった。

「造作を掛けました」

七郎が頭を下げた。

「何の、殺されたのは私の手落ちだ。済まぬ」

十四郎も詫びた。

「詳しく」と七郎が言った。「話して下さいませぬか」

「燕忍群というのを存じておるか」

七郎に訊いた。七郎が頷いた。

百舌を見た。百舌も即座に首肯した。

「吉三は、前の日から燕忍群の八束という者に追われておった」

「その者は小頭でございます。六人衆に次ぐ腕前だと聞いたことがございます」

百舌が口を添えた。

「そうであったか」

十四郎は成り行きを話し、

「最後に聞いた言葉は、《加賀宰相の》、であった。直後に襲われてな、戻った時には殺されておった。髪を切られて元結(もとゆい)を取られ、下帯も剝ぎ取られ、胃の腑まで裂かれていた」

七郎の目が一点を凝視(ぎょうし)していた。

「どうした？　何か思い当たることでもあるのか」

十四郎が訊いた。

「木之本で殺された者が、死ぬ間際に《き州》と書いた紙を呑み込んでおりました」

「《き州》？」

「焼けてしまったこと故お話しいたしますが」七郎は、僅かに煙たげな顔をした。「木之本は、全国に散らした隠れ屋敷の中でも大きなものの一つでした。特に尾張、紀州、加賀などに関する調べは行き届いておりました。大炊頭様からお聞き及びかもしれませぬが、近頃将軍家と、権現様直系の御三家との間が思わしくなく、何かと諍いが絶えませぬ。それ故、柳生家としても尾張、紀州の動向には、気を付けさせておったのです。その木之本が、何者かに襲われた。襲うた者は、己と雇い主の繋がりが、既に知られているか否かを確かめんとしていた。そこを、留守居の者に見付かったのかもしれませぬ」

七郎が十四郎を見詰めた。

「吉三が追われて来た中辺路は、田辺から始まる……」

「附家老・安藤帯刀様の御城下ですな」

七郎が合点した。

「そして、この一件に関わっているのが、殺しを請け負う燕と来れば……」

「見えたな」

十四郎が鋭く言い放った。

「雇い主は《き州》か」

「と見るが妥当でしょう」

「すると《加賀宰相の》の意味は？」

「《加賀宰相のお命》でしょうか」

百舌が尋ねた。

「当代様を殺して何になる?」

「では?」

「御継嗣だ」七郎が言った。「将軍家が御養子に迎えたいと仰せになったと聞いておる」

「それが気に入らぬのか」

「筋は繋がります」

「止める手立ては?」

「刺客を倒すしかございませぬ」

「燕忍群か。厄介そうだな」

「私も貉の兄弟なる者を倒したのですが、中々の相手でした。その六人衆とやらと戦うならば、十四郎殿、力を合わせませぬか」

「柳生と、か」

「柳生に双龍剣という奥義があります。難敵を討つ必殺の技とお考え下さい。一人ではなく、二人で戦えば、たとえ一人が殺されても、相手に剣を叩き込むことが出来るという必殺剣です」

「私に、一方の龍になれと?」

「とても江戸の大炊頭様まで知らせに走っている余裕はございませぬ。とにかく金沢の御城下に急ぎましょう」

「頭領は？」

百舌に訊いた。

「金沢でございます」

「何故に？」

「それは……」

口籠もっている百舌を尻目に、七郎が事も無げに言った。

「前田家謀叛（むほん）の噂があると聞き及んでおります。その調べでしょう」

「そうなのか」

十四郎が訊いた。百舌が曖昧（あいまい）に頷いた。

「そなたも金沢に行くところであったのか」

百舌が七郎を見てから、もう一度頷いた。

「七郎殿は、どちらへ向かっておったのだ？」

「熊野からずっと影を追って来たのですが、それが十四郎殿であったのです」

吉三を葬ってくれた者を見付け出せば、何か分かるかもしれぬ。その思いで伊勢路を北上したのだった。白子宿では、宿の者から斬り合いの話を聞いた。その者が、土井家の威光を恐れて、十四郎の名を出さなかったので、それらしき浪人者を求めて東海道に入った。

「そして、ようやくここで追い付いた、という訳です」

分かった、と十四郎が言った。

「私は、この数日で、数多の命を奪ってしもうた」

十四郎は、改めて七郎と百舌に言った。

「降りかかってきた火の粉を払うためだが、このようなことは終わらせねばならぬ。陰謀を阻止するためには、金沢でもどこでも参る。七郎殿、双龍剣の一方、引き受けよう」

「恐らく」と七郎が言った。「金沢に着くまでに、我らを闇に葬ろうと六人衆が襲うて来る筈です。その者らから、陰謀の証を得られるかもしれませぬ。さすれば……」

「それは、よいことなのかの？」

突然、十四郎が訊いた。

七郎と百舌が首を捻った。

「紀州の陰謀だと分かったとしても、御三家の一つを無闇に潰せるものか。潰せば浪人が溢れるしな。恨みは募るばかりであろう?」

「槇様、口幅ったいことを申し上げますが、それをお考えになるのは、後のことではございませぬか」

主家の甥御に対して、百舌が諫めるような物言いをした。

「よう言うた。出来した」

七郎が笑い声を上げた。

「済まぬ」十四郎が百舌に言った。「そなたの方が正しい」

ここか、と七郎は、思わず十四郎を見詰めた。目下の者に、何の構えもなく詫びられる十四郎に、己の至らなさを見出したのだが、同時に、

(立場が違う)

とも思った。

己は柳生家の嫡男として、柳生門下を統率しなければならぬ。剣のみを友として生きる身軽な者とは違うのだ。

「七郎殿」

名を呼ばれて、はたと我に返った。目の前の皿に、味噌を塗った焼き握りが山

と積まれ、湯気を上げていた。

「食べ終えたら、出立いたそう」

十四郎は一つ目を口に押し込むと、即座に二つ目に手を伸ばした。

第三章　暗闘・美濃路

一

和歌山城松の丸櫓と巽櫓を東西に見ながら南の丸を通り、岡口門から南に下る。

寺社の建ち並ぶ一角を抜け、暫く行くと、人家が疎らになり、野や林が広がる。林の外れに、一目でそれと分かる楠の巨木があった。

その楠の下に、土地の者たちが《楠屋敷》と呼んでいる寮があった。

寮にはいつも留守居の老爺がいるだけで、主らしい人物がいるところを見た者は誰もいなかった。

その筈である。

《楠屋敷》は人目を憚る密談のために、安藤帯刀が密かに設けた寮であった。

この日帯刀は、下城の道すがら古刹・禅草寺に寄り、表に家臣を待たせたまま、裏に回って町駕籠に乗り換え、寮に入った。燕忍群頭領・綜堂と会うためである。

(何が起こったのだ……)

急ぎお会いしたい、との旨を受けてから、そればかりを考えていた。

(聞けば分かる。それだけのことだ)

寮の周辺に、人の気配はなかった。

駕籠のまま寮の門を抜け、駕籠を下り、留守居の老爺に迎えられて玄関を上がった。閉め切ってあった奥の板戸を開けると、既に綜堂が控えていた。

「いかがした?」

帯刀は、円座に座る暇も惜しんで切り出した。

綜堂は、膝二つ分程にじって下がると、両手を突いた。

「殿にお詫びいたさねばなりませぬ」

「何だ?」

「田辺瑞雲寺に、柳生の忍びが潜んでおりました」

「聞かれたのか」

「申し訳もございませぬ」

「綜堂ともあろう者が、気配を読めなんだのか」

「言い訳に聞こえるやもしれませぬが、瑞雲寺へ先回りされていたのでございます」

綜堂は、柳生の忍びに伝わる《土蜘蛛》という、土中に潜んで屋内の声を聞き取る術について話した。

「全く気配が立たぬのでございます」

「して、どうなった？　逃げられたのか」

「中辺路で始末したのでございますが、殺す前に忍びを助けた者がございました」

綜堂は一旦言葉を切り、続けた。

「槇十四郎と名乗る浪人者でございました」

「勿論（もちろん）、口を封じたであろうな？」

「ところが、思いのほか手強（てごわ）く……」

「たかが浪人一人に、何を梃摺（てこず）っておるのだ」

「ただの浪人ではございませぬ。老中、土井大炊の甥でございました」

「何と！」

帯刀の目が、大きく見開かれた。

「なれば」と帯刀が訊いた。「江戸へ直走ったのであろうな？」

「それが、江戸ではなく、どうやら金沢に向かったやに思われます」

「どういうことだ？」帯刀の鼻脇に縦筋が刻まれた。「己一人の力で阻止するつもりか」

「もう一人加わった者がございます」

「儂の知った名の者か。それとも、また誰ぞの甥か従兄弟か」

「柳生宗矩の嫡男、七郎にございます」

「今度は柳生か」

帯刀は膝を揺すって引き攣ったような笑い声を上げたが、直ぐに笑いを納め、どうして柳生なのだ、と言った。

「先年の駿河大納言様の一件では、土井と柳生は争うた仲であろうが」

「安藤様と燕の繫がりを知られておらぬか、木之本にある柳生の隠れ屋敷を探らせたのでございますが、その折斬り合いになり、三名の者を殺し、屋敷を焼き払う仕儀と相なりました。そのことを知らせる者があったのでございましょう。七郎は和歌山、田辺と調べて回り、十四郎と落ち合ったのでございます」

「すると、大凡のところは知られたと見てよいのだな？」

「申し訳ございませぬが、恐らくは」

「だが、証はない」

「ございませぬ」

「ならばよい」

帯刀は、あっけらかんとして言い放った。

「気にするな。後々何か言われても、白を切るのは、儂の得意とするところだ」

「しかし、露見した時は、という約定でございましたが」

「まだ、露見してはおらぬではないか。二人を殺せばよい」

「よろしゅうございましょうか。土井家と柳生家を敵に回すことになりまするが」

「構わぬ」

帯刀は、腕を組むと、暗い天井を見上げた。

「土井と柳生が、どう手を組もうが、紀州は潰せぬ。それどころか紀州の弱みを握り、頭を押さえることが出来るものなら、甥や倅（せがれ）など見殺しにする。それが将軍家大事の土井家と、将軍家指南の柳生家よ」

「頼もしきお言葉を賜（たまわ）り、これで心置きなく戦えまする」

「ためらうことなく、迷うことなく、殺せばよい」

「承知つかまつりました。必ずや両名の者を見事（みごと）始末してお目に掛けましょうぞ」

大きく頷（うなず）いた帯刀が、儂は、とぽつりと言った。

「気に入らぬのだ」

「…………」

綜堂は、口を挟まず、凝（じ）っと帯刀の言葉を待った。

帯刀の唇（くちびる）が、ゆるゆると開いた。

「天下の大事を、たかが甥っ子や小倅の分際（ぶんざい）で、阻止出来る気でおる。其奴（そやつ）どもの自惚（うぬぼ）れを、思い上がりを、叩（たた）き潰してやらねば気が済まぬわ」

「お任せ下さい」

「二度と、しくじるでないぞ」

「六人衆を使いまする故、ご懸念には及びませぬ」

「約定は必ず果たす」

駕籠が寮を離れるのを待ち、綜堂が手を打ち合わせた。

燭台の火が、風もないのに消えた。

「烏鉄か」

「ここに」

片隅の暗がりから声がした。

「聞いた通りだ。殺せ」

「どちらから？」

「好きにいたせ」

「では、そのように。御免」

闇の濃度が、突然希薄になった。烏鉄が去ったのだと知れた。

（相変わらず、よい腕だ……）

綜堂は、独り呟いた。

二

十四郎と七郎と百舌は、宮まで戻り、そこから美濃路へと入った。

宮から垂井までは、十四里と二十四町（約五十八キロメートル）である。

垂井からは、木之本に抜け、北陸道に入り、後はひたすら北上すれば加賀だった。

一行の足取りに淀みはなかった。

名古屋、枇杷島、清洲、稲葉を通り、木曾川、長良川、揖斐川を渡り、大垣城下で水門川を越えた。

「どういたしましょう？」

百舌が十四郎と七郎に訊いた。

日は大きく傾いている。宿に泊まるか、夜旅をするか、と訊かれたのだ。

垂井までは二里二十四町（約十・五キロメートル）である。

歩けぬ距離では、まったくなかった。夜道がどうの、という感覚も、三人ともになかった。

「何が起こるか分からぬ。先を急ごう」

七郎が言った。十四郎は空を見上げた。月が昇り始めていた。雨の気配はなく、月明かりもある。十四郎に否やはなかった。

「私めが、先に立ちましょう」

百舌が身軽な動きで、前に回ろうとした。

「待て」

十四郎が腰を割り、居合の構えをしたまま、右手を宙に止め、百舌に言った。

「動くでない」

十四郎の気は背後に向けられていた。

七郎も、気配を探ろうと構えた。

数瞬が流れた。

「誰も、おりませぬぞ」

七郎が言った。

十四郎が向き直った。気配もなければ、人もいない。

「何か、ございましたか」

百舌が近寄った。

「背後に何かを感じたのだが、分からぬ」
「十四郎殿は、夜が怖くなられたのですかな」
七郎がからかい半分に言い、百舌を促(うなが)した。
百舌が歩き始めた。
七郎が続き、殿(しんがり)を十四郎が受け持った。
(あの気配は、確かに人であった……)
十四郎は、振り向いてみた。
大垣の城下が、まだ目の前にあった。
夜道に不安を覚えたが、二人はずんずんと歩いてしまっている。
(簡単に殺(や)られる我らではない)
自信が、ためらう気持ちを後ろへと追いやった。
十四郎も、足を大きく踏み出した。

(よう気付きおったの……)
鳥鉄が、ふっ、と息を吐(は)いた。

十四郎が気配を読み取った瞬間、陰を伝い、藪から木立へと飛び上がったのだった。

(闇の中ではどうかの。楽しみだ)

烏鉄は街道に飛び下りると、十四郎らの後を追った。

烏鉄にとって美濃路周辺は、勝手知った土地だった。

まだ下忍にもなれぬ幼い頃、昼も夜も、上忍と下忍の間を伝令として走らされていた。

落武者、野盗、武装した百姓。襲われた回数は、数え切れなかった。

殺したこともあれば、半殺しにされたこともあった。

命があったのは、子供だったために、止めを刺されなかったからだった。

そうした中で、身を守る手段として闇に同化する術を身に付けていった。

肌を隠し、黒い忍び装束に身を包み、刃も黒く染めた。

刀身を焼き、真綿で擦る。綿の油が焦げ付き、刃を黒く染めるのだ。忍びの世界では、それを綿色をかけると言った。教えてくれたのは、まだ頭領になる前の綜堂だった。

――お前は、よう努力している。見ている者は必ずいるのだ。精進せいよ。

嬉しかった。

下忍になり、中忍となり、更に六人衆にまでなった。その都度喜びはあったが、あの時に勝る喜びは、未だかつてない。六人衆にまでなれたのも、綜堂の一言のお蔭だと思っている。

烏鉄という名をくれたのも、綜堂だった。

──鋼の烏。烏鉄はどうだ？

気に入った。闇の中で生きようと決め、稽古を積んでいたのを、見ていてくれたのだ。飛び上がりたい気持ちだった。

一層、稽古に励んだ。腕を上げた。

堅固な城に忍び込み、盗み、攫い、殺める。手練として剣名高い者を、倒す。命じられた務めは、悉く完璧にこなしてきた。

この十余年で、燕忍群の烏鉄と言えば、一目置かれるようになっていた。

今回の務めにしても、そうした己の腕を買われたからだと思っている。

将軍家指南の柳生の嫡男と、老中・土井利勝の甥の暗殺である。

相手にとって不足はなかった。

いや、己の力量を計る絶好の機会だった。

いかに見事に、鮮やかに、闇に葬るか。腕が鳴った。

背後に従えた三人の下忍に合図をくれ、足裏に力を入れ、地を蹴った。十四郎らとの距離が縮まった。

（どれ、腕を試してくれるか……）

烏鉄らは、街道脇の藪に分け入り、忍び装束を検めた。

目だけ出した以外は、頭から足の先まで黒装束に身を包む。それが闇に溶け込む烏鉄の装束だった。一分の隙もなかった。

足許の木陰に、すっ、と滑り込んだ。

木々や藪が作る陰の中を、流れるように走った。

苦もなく、三人に追い付いた。

最後尾の者を見た。十四郎だった。

（奴からか……）

十四郎が木陰に入った。

十四郎の身体が宙に飛んだ。

手には抜き身が、粟田口藤吉郎兼光が鍛(きた)えた業物(わざもの)が握られている。

「どうされました？」

「敵か」

百舌と七郎が、駆け寄りながら辺りを鋭(するど)く見据えた。

「誰かが斬り掛かって来た」

十四郎が袴(はかま)の裾(すそ)を二人に見せた。

裾が二寸程（約六センチメートル）切り裂かれていた。

「足首を狙いおった」

「得物(えもの)は？」

「分からぬ」七郎に答えた。「見えなんだ」

「見えぬとは？」

「綿色をかけていたのであろう」

「周到な者のようでございますな。しかし……」

と百舌が、四囲(しい)を見回した。

「こんなに素早く気配を絶つとは、信じられませぬな」

「気付いた時には、おらぬ」と十四郎が言った。「先程もそうであった」

　七郎と百舌は、大垣を離れようとした時の十四郎を思い出した。背後に何かの気配を感じ、身構えていた。

「其奴は」と七郎が呟いた。「闇に溶ける術を心得た者かもしれぬ。だとすると、ちと厄介ですな」

「厄介だが、二度も近付いて来たところを見ると、腕を過信しておるようだ。それが命取りになるであろうよ」

「そうだとよろしいのですが」

　百舌は、月光に照らし出された街道を見詰めた。

「行く手は、影と闇だらけでございますな……」

「戻るも」と七郎が言った。「影と闇の中だ」

「行くしかないようだな」

　十四郎が、百舌に言った。

「真ん中を歩け。私が後ろから見張っていてやる」

「申し訳ございません。どうも、気配を読むのは苦手でございまして」

「七郎殿、先導を頼む」

「承知。されど、先は長い。交替しながら参りましょう」

「分かった」

十四郎らが歩み去った街道に、雲間から月の光が射(さ)した。

月光は、杉の喬木(きょうぼく)の影を、くっきりと街道に映し出した。

(これで、お遊びは終わりだ……)

忍び音(ね)の如き笑い声が起こり、影が小刻みに揺れた。

影が膨(ふく)れ上がり、烏鉄の形になった。

三

闇に目を凝(こ)らし、影に注意を払う。無駄口が絶え、張り詰めたものが漂(ただよ)った。

「少々疲れたの」

十四郎が最後尾から声を掛けた。

「どこぞで休みますか」

七郎が答えた。

「明るくなるまで休んでも構わぬぞ」

「百舌は、どうだ?」

七郎が土井家の細作に訊いた。

「守っていただいておるのでございます。異を唱える立場にはおりませぬ」

百舌が、七郎に言った。

「そうか」

愉快そうに笑った七郎の足許を見て、百舌が大声を上げた。

「柳生様、お足許！」

声と同時に、七郎の姿が宙に跳ねた。

主を失った影が、路上に残った。

「退け」

十四郎が駆け付けざまに影に一刀を浴びせた。

影は太刀を掻い潜ると、木立の陰に飛び込んだ。

十四郎と七郎が、全身で気配を探っている。

百舌は凝っと動かずに二人を見ていた。

（もし）と思った。（儂が敵ならば、一番弱いところ、すなわち儂から狙う……）

気配を読み取りたくとも、十四郎や七郎のような力はなかった。一か八かで、背後の闇を斬り裂く。勘が当たれば斬ることになり、外れれば斬られることになるだろう。

（やるか。三で斬るぞ）

一、二。柄（つか）に手を伸ばした。三。振り向きざまに闇を裂こうとした。

目が合った。

闇の中に目玉だけが、浮いていた。

腕が凍り付いた。息を呑んだ。目玉が消えた。

（このままでは殺られる……）

懸命に手を動かし、目玉の浮いていた辺りを刀で斬り払った。手応えはなかった。逆に、鉄片を仕込んだ手甲（てこう）に強い衝撃を受けた。闇の底で、誰かが舌打ちをした。

（いました！）

叫ぼうとした時、鋭い痛みが股を貫（つらぬ）いた。刀を振り回しながら、飛び退いた。

二人が駆け付けて来た。

足許に目玉が見えた。

（這（は）っているのか）

小さな影だった。

　七郎は百舌の太股を下げ緒(お)で縛ると、歩くのは無理だ、と言った。

「死んでしまう」

「分かっている」

　だからと言って、置き去りにする訳にはいかない。

「私が背負う故、殿(しんがり)を頼む」

「承知した」

　七郎が答えた。

「槙様」百舌が、両の手をばたつかせるようにして拒んだ。「お待ち下さい。困ります」

「そなたに訊いてはおらぬ」

　百舌を背におぶった。

「……申し訳ございませぬ」

「そのことは申すな。それよりも、何か気付いたことはないか」

「目だけ、見えました」

「どう見えたのだ？」

「目だけ、闇に貼り付けたようでした」

「目だけか」

「目だけでございます」

「魂消(たまげ)たであろう？」

「些(いささ)か……」

百舌が、小さな声で言った。

「他には？」

「見えた位置が、随分と低うございました。這っているのかと思いました」

「低かった、か……」

百舌の身体が僅(わず)かに沈んだ。重くなった。十四郎は百舌を揺すり上げた。

百舌の口から、呻(うめ)き声が漏れた。

「痛んだか」

「いえ、左様(さよう)なことは」

「済まぬな。背負うのは慣れておらぬのだ」

「とんでもございませぬ」

百舌が首を左右に振った。背中が揺れた。

「おとなしくしておれ」

「申し訳……」

「言うな」

「はい……」

百舌は暫く黙っていた。襲われた時のことを必死で考えた。どうにかして、お役に立たなければ。

十四郎は、目の前に続く夜道の暗がりを見据えながら足を踏み出した。

（どこかに、奴はいる……）

攻撃されたとしても、瞬時に手は使えない。先ず相手の切っ先を躱し、後から先に移らねばならなかった。判断の遅れが死に繫がった。

「槙様……」

百舌が、暗がりの気配に耳をそばだてている十四郎の耳許で、囁くように言った。

「影の大きさですが……」

「……」

「人の姿にしては小さいような気がいたしました。小柄なのかもしれませぬ」

何かが十四郎の記憶の網(あみ)に触れた。

「小柄……」

「左様でございます」

熊野の茶屋と白子の宿での急襲を思い出した。

(子供がいた……)

百舌に尋ねた。

「燕は、子供を使うのであろうか」

「そのような話は、聞いておりませぬが」

百舌が、十四郎の背で首を捻(ひね)ったのか、身動(みじろぎ)する気配がした。

「槇様、あれは子供の目の色ではございませんでした。それに、太刀捌(さば)きの鋭さも、子供だとは思えませぬ」

「俺も子供だとは思わぬ」

七郎が、柳生仕込みの几帳面(きちょうめん)さで辺りを警戒しながら、言葉を継いだ。

「子供では膂力(りょりょく)が足らぬ故、まず子供は使わぬ筈。では、子供ではないのか。身の丈(たけ)は子供程だが、実は子供ではない。そのような者がいたとしたら……」

「白子の宿で襲われた時のことだが、七、八歳の小娘が形相（ぎょうそう）を変えたら十七、八の娘になりおった」

「それでございますよ」

百舌が、十四郎の肩をそっと叩いた。

「形（なり）は子供だとて、油断（ゆだん）は出来ぬということですな」

七郎の声が遠くなったり近くなったりした。身体を回しながら言ったのだろう。その時、

「お主らに考える暇は必要なかろう。直ぐに死ぬのだからな」

声とともに、十四郎の前方約五間（約九メートル）の闇が膨れ上がり、人の形になった。

「燕六人衆、烏鉄」

大人の大きさの影だった。黒い塊の中に、目だけが見えた。

百舌を背負った十四郎の脇を、七郎が走り抜けた。太刀が閃（ひらめ）いた。影は太刀を躱すと、木立の作る陰の中に飛び込んで、消えた。

十四郎は脇差を抜き放ち、足許の影を斬った。

鋭い刃音が立ち、火花が散った。

足許から飛び出した黒い影は、街道を横切って藪に溶け込み、消えたと見せて新たな闇から十四郎の脇腹目掛けて、太刀を突き出した。百舌を背負っている分、十四郎の動きが鈍った。切っ先が袖を刺した。

「捨てて下され」

百舌が背中で叫んだ。

瞬時迷ったが、背負っていたのでは攻撃を躱し切る自信がなかった。下ろすことにした。

「動くなよ」

「動きませぬ」

百舌は忍び刀を抜き払い、片足立ちをした。

十四郎は百舌と背中合わせの位置に構え、七郎だけが離れた。

静けさが三人の間を吹き抜けた。

風に乗り、木立の上から黒い影が飛び下りた。

影は木立の陰に吸い込まれるようにして気配を絶った。

（どこだ？）

襲って来る気配がない。狙いは七郎か。十四郎と百舌が、七郎に気を奪われた瞬間、百舌が悲鳴を上げて倒れた。

百舌のふくら脛が、斬り裂かれていた。歯を食い縛って痛みに耐えている。

「しっかりせい」

十四郎は七郎を呼び寄せ、見張らせると、百舌のふくら脛を縛った。

手当を終えたが、烏鉄が仕掛けて来る様子はなかった。

「どうやら」と七郎が言った。「収まったらしいな」

「闇の中では分がない。どこぞに逃れた方がよさそうだな。この近くに殺生小屋か何か、ないか」

十四郎が、七郎と百舌に訊いた。

山の者が猟に行く時に寝泊まりする山小屋を、殺生小屋と言った。

殺生小屋には囲炉裏も設えてあれば、食べ物もあった。

「もう四町程（約四百三十六メートル）行ったところに、小屋があった筈だ」七郎が言った。「中がどうなっているか知らぬが、馬で通り過ぎた時に見ておる」

「よし、行こう」

十四郎は百舌を背負うと先に立った。

七郎が、後から続いた。

七郎は小屋の戸口を蹴破ると、火の点いた懐紙を放り込んだ。

小屋の内部が浮かび上がった。

待ち伏せしている者の気配はなかった。

七郎は一足先に小屋に入ると、千切った懐紙と木屑を集めて火を灯し、十四郎と百舌を呼び入れた。

中は意外と広かった。今は農具などの置き場になっているが、昔は人が寝泊まりしていたらしく、囲炉裏も切ってあった。

「済まぬが、もっと火を焚いてくれ」

「明るくしておけば、襲われぬという訳ですか」

「試してみるのも悪くはあるまい?」

「試してみましょう」

「そうしてくれ」

百舌を背から下ろし、傷口の手当を始めた。思ったよりも深傷だった。腹に巻いていた晒しを解き、傷口を縛った。

夜明けまでは、まだまだあった。

「薬湯を飲ませてやるからな。待っておれ」

水は、大垣を通り過ぎる時に、竹筒に汲み足していた。

竹筒の飲み口を広げ、中に薬草を小柄で押し込み、火の近くに立て掛けた。

「眠っていてよいぞ」

「かたじけのうございます」

時はゆっくりと過ぎていった。

小屋の中に煙が棚引き、竹筒の水が湯になった。

「熱いからな。気を付けてな」

「十四郎殿」

七郎が笑いながら言った。

「随分と細々（こまごま）気を遣うお方ですな」

「そうかの」

「私は、生まれてこの方、そのように気遣われたことはございませぬぞ」

「それもまた不幸だの」

「そうでしょうか」

「七郎殿は、恐らくこの一年で私より腕を上げたであろう。身体を見れば分かる。私は去年と変わらぬが、七郎殿は一回り大きゅうなった」

十四郎は、ゆるゆると薬湯を飲んでいる百舌を見ながら続けた。

「だが、勝負になれば、まだ私に分がある。なぜか分かるか」

「分かりませぬ」

「余裕だ。負けてもよいと思う心だ」

「無理な注文ですな。私には柳生の嫡男という立場があります」

「負けられぬか」

「勝ち続けることが、柳生の家に生まれた者の宿命ですからな」

「七郎殿は、死ぬまでそうなのであろうか」

「多分」

七郎が小枝を折って、火にくべた。

「交替で休む」

「そうしましょう」

十四郎が百舌の耳許に口を寄せ、囁(ささや)いた。百舌がくぐもった声で答えながら、腰の竹筒に手を当てた。

「とにかく眠れ」

十四郎は、七郎に戸口や羽目板を見回るように言い、自身も百舌の腰から竹筒を取って立ち上がった。

七郎と、一刻ずつ交替して見張った。最初が七郎で十四郎、七郎と代わり、また十四郎の番になった。

火が衰えていた。囲炉裏に細枝をくべた。熾に炙られ、枝先から火を噴き始めた。

風が出て来たのか、戸が小さく鳴った。

細枝が燃え尽きようとしていた。赤い一本の火の棒となっている。

小屋の隅まで届いていた明かりが力を失い、暗がりが広がった。

闇が微かに動いた。闇の中に目が生まれた。

目は、囲炉裏端の三人を凝っと見詰めている。

十四郎と七郎は、刀を腕の支えにして座して眠り、百舌は横になったままぴくりとも動かない。

誰が立てているのか、規則正しい寝息が聞こえる。

くべられていた細枝が、端から黒くなり始めている。間もなく完全に燃え尽きるだろう。闇はそこまで来ていた。

「いつまで」と寝ている筈の男が言った。「そんな隅にいるのだ？」

「出て参れ」

もう一人の男が言った。

「来ぬのなら、こちらから行くぞ」

火が燃え落ちた。闇になった。一条の光もない。いかに剣技に優れていようと、光源がなければ見えぬ。

（貰った）

烏鉄は、闇の中から跳ね起き、綿色をかけた刃を振り翳した。

途端、鞘から走り出た十四郎と七郎の刀が、激しく嚙み合い、火花が散った。

瞬時にして、辺りは火の海となった。十四郎が見回りの間に、百舌の竹筒に仕込んであった火薬を撒き散らしておいたのだ。

烏鉄と黒装束に身を包んだ三人の配下の姿が、浮き彫りになった。

「柳生双龍剣。見たか」

十四郎が言った。七郎は驚いたような顔をして十四郎を見たが、言葉を正している暇はなかった。

七郎は、大きく足を踏み出すと、眩(まばゆ)さに怯(ひる)む配下の者たちに刃を浴びせた。彼我(ひが)の腕の差は歴然としていた。小さな陰にも潜めるように、小柄な者から選(え)りすぐった下忍たちが、次々と背を割られ、腹を裂かれ、血の海に沈んだ。

「これまでのようだな」

目の前に十四郎がいた。

腰を十分に割り、居合の構えになっている。

死ぬのか、と思った。面白いように人を殺して来た己にも、最期の時は来るのだと思った。それが早かったのか、遅かったのか、結論を出す前に、斬られていた。斬られた瞬間はちくりとしたが、血が急速に抜けたからなのだろう、痛みは何も感じなかった。死んだのだな、と己の身体の倒れる音を聞きながら烏鉄は思った。

遺体を土間に並べ終えるのを見計らい、七郎が十四郎に言った。

「十四郎殿、先程のは双龍剣とは違いますぞ」

「二人の者が力を合わせて戦ったのに、双龍剣ではないのか」

「確かにそうなのですが、己の命を犠牲にして、片方に勝たせる。それが、双龍剣の心構えなのです。いい加減なことを言ってくれては困ります」

「そうであったか」

十四郎は頭に手を当て、僅かに下げると、

「済まぬことをしたが」と言った。「聞いていた者は死んだのだ。まあ、よいとするか」

「それが、十四郎殿の仰（おっ）しゃる余裕ですか」

「お主（ぬし）、根に持っておらぬか」

「いささか……」

十四郎が声を上げて笑った。

「それが余裕だ。忘れるな」

四

綜堂は烏鉄の死を、和歌山城下に設けた繋ぎ屋敷で聞いた。

繋ぎ屋敷は、柳生家の隠れ屋敷、土井家の隠れ家と同様のものだった。

　約束の場所に、刻限になっても現われぬ烏鉄を探していた綜堂配下の小頭嘉平次の耳に、大垣と垂井の間にある小屋から忍び風体の者の遺骸が幾つか見つかったとの噂が入った。

　役人に袖の下を使い、遺骸を秘かに確めさせたところ、果たして烏鉄と烏鉄が鍛えていた下忍どもだった。

　嘉平次を驚かせたのは、烏鉄らが揃って一太刀で斬られていたことだった。他に傷はなく、毒を盛られた形跡もなかった。

「信じられませぬ」

　嘉平次の報を聞き終えた綜堂は、西の空を見上げてから、一人の忍びの名を口にした。

「直ちに呼べい」

　命じて、半刻（約一時間）が過ぎた。

　綜堂は円座に腰を下ろし、板廊下越しに庭を見ていた。

　突然、風が起こった。風は地を嘗めるようにして吹き抜けていった。

　潮の香が強くにおった。

（降る……）

空を見上げた。

厚く黒い雲から大粒の雨が落ちて来たのは、間もなくしてからだった。

「雨月、参上いたしました」

雨の中から染み出すようにして、雨月が現われた。

「烏鉄が殺られた。聞いておるか」

「先程」

「烏鉄を倒したは、槇十四郎と柳生七郎の二人だ。その二人を、何としても葬り去らねばならぬ。奴どもの居場所は嘉平次に案内させる故、《雨衣》で殺せ」

「承知いたしました」

濡れそぼった雨月の身体が人の形をした水の塊になり、崩れ、地に流れて消えた。

(《雨衣》ならば倒せる)

立ち上がろうとして綜堂は、雨が小降りになったのに気付いた。日も雲間から射し始めている。

「不思議な男よ」

綜堂は口の中で呟くと、円座を離れ、奥へと消えた。

十四郎ら一行は、垂井から関が原に抜け、そこから北国脇往還を通って木之本に出た。

木之本には、燃え落ちた隠れ屋敷に代わる仮小屋が設けられており、民人に化けた柳生の者が忙しく立ち働いていた。深傷を負ったがために、荷車に乗せて連れて来た百舌を預けるには、格好の場所だった。手当をして貰えるだけでなく、守っても貰える。

「多少荒っぽく手当をしても壊れぬ故、よろしく頼む」

十四郎の物言いに、思わず百舌は苦笑した。

十四郎と七郎は、北国街道を北に向かった。

北国街道は、中山道六十三番目の宿・鳥居本を起点に、琵琶湖沿いに近江を北に抜け、越前から越中、越後に至る街道である。その近江と越前の国境にあるのが栃ノ木峠だった。かつては虎杖崩と呼ばれた難所である。

栃ノ木峠に続く街道を前にして、七郎が編笠を脱いだ。汗が噴き出している。

「どうでしょう？」

と余呉湖から流れ出ている川を見て、七郎が言った。

「水を浴びませぬか。暑うて堪りませぬ」

峠道に差しかかる前に、長く休み、しかも水に入る。旅する者としてよいことではなかったが、木之本の隠れ屋敷で休んだとは言え、垂井の手前から木之本まで荷車を引き、更に歩き継いでいるのである。

「川に入るのは」

と言いながら、十四郎は袴を脱ぎ捨て、着物に取り掛かった。

「どうも賛成し兼ねるが……」

七郎が、十四郎の動きを見て、慌てて脱ぎ始めた。

「卑怯ですぞ」

「何を言うか。賛成はし兼ねると……」

十四郎は太刀を手に褌一丁で川に飛び込んだ。

盛大な水音が立ち、七郎が続いた。七郎は脇差だけを手にしている。

十四郎は暫く河童のように水に潜っていたが、岸辺に上がると、

「済まぬが」と七郎に言った。「髪を剃ってくれぬか」

「剃るのですか」

「夏場になるとよう剃ったものなのだが、今年はつい忘れておったのだ」

言われてみると、七郎の記憶の中の十四郎は、総髪を後ろで束ねるか、束ねられない程の短い髪をしていた。

「父は時折私を気儘とか勝手とか言いますが、十四郎殿には敵いませぬな」

「捉われるな。柳生新陰の極意ではないか」

「そうなのですが、捉われずに生きるのは難しいものです」

七郎が十四郎の背後に回り、手を出した。

十四郎は小柄を渡した。

「よう研いでありますな」

手櫛で髪が梳かされた。頭の皮が弛まないように目を閉じ、顎を引いた。髪が撫で付けられ、刃が当たった。

せせらぎと川面をわたる風の音の合間に、規則正しく髪を剃る音が聞こえた。

静かだった。

血の雨を降らせて来た者が聞いているのでは、申し訳ないような澄んだ音だった。

「剃れました」

川面に頭を映した。綺麗に剃られていた。

両の手で水を掬い、頭に掛けた。水が頭皮を伝い、落ちた。

川波の底で、何かが光った。反射的に顔を上げた。顔を追うようにして、刃が突き上がって来た。顔を素早く背けた。水面を割った刃が頰を掠め、水の塊とともに宙空に飛び出した。水の塊は人の形をしていた。

形は人だが、人ではなかった。確かに水だった。水の塊を透かして向こうの風景が見えた。

(…………!)

身構えた七郎に続いて、十四郎も太刀を手にした。

水の塊が、刃から水に落ち、激しい水飛沫を上げた。

十四郎の頰から流れ出た血が顎で結び、川に落ちた。

あれは何だ? 何だったんだ?

七郎を見た。七郎も同じ目をして、十四郎を見ていた。

五

雨月は川から上がると、乾いた土に滴(しずく)を垂らしながら北国街道を北へと向かった。

十四郎と七郎は、二町（約二百二十メートル）程先を歩いていた。

雨月には、追い付こうという気はなかった。

ただ十四郎らが水辺に近付くか、雨模様になった時は、再び襲うつもりでいた。

余呉湖が、木立に隠れて見えなくなった。

茶店(ちゃみせ)があった。

立ち寄るのかと見ていたが、十四郎と七郎には寄る素振りもなかった。

茶店にいた旅支度(たびじたく)の老爺が立ち上がった。盆に小銭を置き、振り分けと何が入っているのか、萎(しな)びた布袋を肩に掛けた。

老爺は右の足を痛めているらしく、上半身を傾(かし)がせながら、二人の後ろを歩き始めた。

誰ぞの変装なのか。それとも、同じ刻限に同じ峠を越えようとしている旅の者に過ぎないのか。

雨月は、藪をしごき、老爺の前に回った。燕の者ではなかった。忍びの心得のある者とも思えなかった。第一に、年を取り過ぎている。

（しかし、役に立つ……）

己の気配を消すのに、丁度よい位置にいた。

雨月は街道に下りると、老爺の後に付き、また間合いを保って歩き始めた。

十四郎にしても七郎にしても、空を見上げたり、枝に止まる鳥などには目を遣るが、老爺の方を振り向こうともしない。老爺に気配がないのだ。それは老爺に悪意がないからなのか、それとも気配を消しているからなのか。

雨月は、老爺が何故二人の後から行くのか、と思った。

脚絆（きゃはん）や股引（ももひき）のくたびれ具合からして、かなり旅慣れているらしい。

そうであるならば、七郎はともかく、頭を剃った変わり者の武家の後から行くのに不安は覚えぬのか。

だが、それらのことどもは、己とは関係のないことだった。

誰が、どこで、何をしていようと、それが殺すよう命じられた者でなければ、また邪魔立てしようとする者でなければ、どうでもよかった。そう考えるように躾けられてきたし、そうしているのが一番楽だった。

老爺の歩く速度が落ちた。

十四郎らとの間合いが開いていき、雨月との距離が縮まった。

雨月は街道を下りて藪を駆け、老爺の前に出た。

老爺の姿が、後方に見えた。身体を傾がせながら、懸命に歩いている。

半刻も経った頃だろうか。栃ノ木峠を覆うように雲が垂れ込め始めた。

雨もぽつりと落ちて来ている。もう半刻もすれば、本降りになり、峠は雨の中に閉じ込められるだろう。

そうなれば《雨衣》が使える。

（峠で葬ってくれるわ）

峠の頂上近くに、朽ち掛けた堂宇があった。

十四郎と七郎は、どうやらそこで雨をやり過ごそうと決めたらしい。

堂宇に上がり、中を覗いてから、二人は袖の雨粒を払い落としている。

雨が風に乗り、縞模様になって峠を下っていった。

雨月は雨に紛れて、堂宇の下に潜り込んだ。

床板一枚を挟んで、標的と向かい合っていることになる。

（何も気付いておらぬわ）

気配を消し、姿を隠す隠形の法については、見破られない自信があった。これまでに見破られたのはただ一度。血気に逸っていた若い頃、いざ殺そうと殺意を張らせた時だった。それからは、殺める寸前まで、殺意を表に出さぬようにした。

峠道を上って来る老爺の姿が見えた。

もし堂宇で十四郎らとともに雨宿りをするのなら、老爺を避けて立ち回ることは出来ない。黄泉の国へ送ることになるだろう。非力な年寄りを殺すのは気が引けたが、止むを得ない。目を瞑ることにし、老爺が峠道を上って来るのを待った。

驚いたことに、老爺は雨備えを完璧にしていた。

柿渋で塗り固めた笠を被り、身体には柿渋に浸した回し合羽を巻いていたのだ。

背に掛けていた萎びた布袋の中味は、これらだったのだ。

「ご老人、用意がよいの」

堂宇の前を通り過ぎようとした老爺に、七郎が話し掛けた。

「常の備えでございますよ」

老爺は、目だけを動かして、瞬時足許を見たが、堂宇に寄ろうともせず、峠を下り始めてしまった。

「達者なものだな」

十四郎が、老爺の姿を見送りながら言った。

「そうですな」

七郎が指で床下を示した。

（床下？）

十四郎は同じ所作をしながら首を捻って見せた。気配がない。

（おります。私は右へ飛び出します故、十四郎殿は左へ）

（分かった）

同時に、雨中に跳ねた。

頭を、肩を、背を、腕を、雨粒が叩いた。床下を覗いた。誰もいなかった。誰かがいた気配もなかった。だが、ただ一箇所、二人の立っていた辺りの床下の土が、濡れていた。

「逃げられたようですな」

「どうやって？」

「分かりませぬ」

「本当に、おったのか」

「まず間違いないでしょう」

七郎の後から十四郎も堂宇に飛び込んだ。

雨脚(あまあし)が更に強くなっている。

「先程の老人ですが……」

と七郎が言った。

「あれは《虫》と呼ばれる柳生子飼いの小者です。木之本の仮小屋におったので、我らの後から来るよう命じておきました。中々使えますな」

「目が利(き)くのか、鼻が利くのか、どちらであろうの？」

「《虫》に訊いたことがありますが、肌だと申しておりました」

「肌か」

「ほんの僅かな異変でも、即座に肌が粟立(あわだ)つらしゅうございます」

《虫》は己に迫って来るものを感じ取っていた。

巨大な悪意が、峠から駆け下りて来る。

己に、それを躱す才がないことは知っていた。

追い付かれれば、殺される。

それまでの命だった。

楽しいことの少ない人生であった。柳生の里に生まれ、幼い時から気配を読むことばかり鍛えられ、守る術は殆ど教えられなかった。多くの仲間が死に、生き残っているのは、己を含めても僅か数名だった。

それでも楽しいことはあった。

《虫》の仲間の妹を嫁に貰い、子も生まれた。嫁も二人の子供も《虫》になり、皆、先に逝ってしまった。それが定めだと涙も出なかった。

己にも逝く番が回って来たのだ、と思った。

峠の下り道を見た。

これが最後に見る景色なのだと思った。

「柳生の里の方が、なんぼかよいわい」

腰を伸ばし、大きく息を吸った。

足音が近付いて来た。

常人ならば聞こえぬ程の小さな足音だったが、不幸なことによく聞こえた。

振り向かなかった。目を閉じた。

風の向きが変わったのか、大粒の雨が落ちて来た。

峠道に飛沫が立ち、白く煙(けぶ)った。

七郎が雨中の一点に目を遣った。気付いた十四郎も思わず目を止めた。

花が咲こうとしていた。雨に打たれ、今にも茎が折れそうになりながら、赤い花が開こうとしていた。花が開いた。花弁に雨が当たり、震えている。

花の前の水溜りに、十個の水の瘤(こぶ)が生まれ、それぞれが異様に膨れ上がった。

水の塊は次々に人の形になった。水の塊は太刀を抜き払うと、雨水の上を滑るようにして、堂宇に迫って来た。

十四郎が先頭の水侍の胴を払った。水侍は、斬られるや水に戻り、崩れ、地面に落ちた。

二人目の水侍からは小手を取った。やはり、水に戻って崩れた。

三人目の水侍を斬り倒したところで、名を呼ばれた。一回り大きな水侍が、いた。

その水侍の太刀筋は、それまでの水侍とはまったく違っていた。太刀に勢いがあり、切っ先に伸びがあった。

刃が嚙み合った。水侍が力で押して来た。受け身に回った。

十四郎は押されながら、脇差に手を伸ばした。見逃す水侍ではなかった。己も脇差の柄（つか）に手を掛け、引き抜いた。間合いは無に等しかった。双方の胸板の間で脇差が閃き、同時に背後に飛んだ。


間合いを得た十四郎が大小の刀を鞘に納め、居合の構えを執（と）った。

七郎は、構え無き構えの姿勢である。両手を下げ、自然体で向き合う、柳生新陰流《無形（むぎょう）の位（くらい）》だった。一足一刀の間合いの中で、十四郎と七郎が静かに対峙している。

（斬れ！）

と雨月は、堂宇の前に佇み、腹の中で声を発した。

《雨衣》の術で、互いが互いを水侍と見て、戦っているのだ。

どちらが斬られても、一人は確実に死ぬ。それも、こちらが手を下さずにだ。

雨月は、立ち合いの成り行きを見守った。

十四郎の足指が、土を噛んだ。体が沈み、飛び上がるようにして一刀を鞘から滑り出させた。

七郎は太刀で受けると、すかさず脇差で斬り付けた。寸で躱した十四郎が横に飛んだ。七郎が追った。二人が絡み合いながら堂宇の前に来た。十四郎が苦し紛れに太刀を薙いだ。待っていたかのように、七郎の太刀が閃き、十四郎の剣を払った。

十四郎の手から離れた太刀が、真っ直ぐに雨月の胸に飛んだ。

危ういところで躱した時には、十四郎と七郎が間近に迫っていた。

十四郎の脇差と七郎の太刀が、身体の左右から唸りを上げた。

肉が斬られ、骨が断たれた。躱す術は残されていなかった。

雨月は膝から頽れながら訊いた。

「……どうして？」

り出た。

《雨衣》が、何故見破られたのか、分からなかった。雨月の口から血の塊が迸り出た。

「見ろ」

十四郎が足許を指さした。

「そなたが仕掛けた花を踏んでしまったのだ」

紙で作られた花が、雨水を吸って開く。その不思議な光景に心を奪われ、七郎と十四郎が花に意識を傾けた。雨月は、その瞬間を捉え、二人に催眠の術《雨衣》をかけたのだった。

「お蔭で」と七郎が、付け加えた。「術が解けた」

「いつ気付いた？」

「互いに構え直す直前に、飛んだであろう。あの時、十四郎殿が踏んだのだ」

「……気付かなんだ」

「術に溺れたの」

雨が上がり、霧が湧き、峠道を嘗めるように流れた。

「余命はない。このまま野晒しにするか、埋めるか。どちらが望みだ？」

十四郎が尋ねた。

「出来れば、埋めてほしい」

「承知した。墓標は、どうする？」

「墓標か……」

「野に果てる。そうなるものと信じておった故、嬉しいのだ」

雨月が、何を思い描いているのか、うっとりとした顔を見せた。

流れ出た血が、地表を真っ赤に染めている。もう長くはない。

「何と書けばよい？」

「では、うげつ、と」

「どう書くのだ？」

「雨の月……」

「よい名だの」

笑ったのか、雨月の頬が歪(ゆが)んだ。

「俺は――」

と七郎が呟いた。

「殺した者の墓など建てたことがない……」

「そうか」

「いつも野晒しにしておいた。谷に蹴り落としたこともあった」

「それはそれでよいのではないか。私は懐を探ったこともある」

「何と？」七郎が目を剝いた。「それは作法に反しますぞ」

「薬草とか食い物など、腐らせるだけだからな」

「金品は？」

「……忘れた」

「どうして突然忘れるのですか」

「墓穴を掘るぞ。手伝わぬか」

十四郎は膝を伸ばすと、辺りを見回した。

街道の脇に窪みがあった。

「あそこがよいだろう」

股立を取ろうとした十四郎を、雨月が呼び止めた。

「場所を変えてくれぬか」

「気に入らぬのか」

雨月が答えた。

「どうせなら見通しの利くところがよい」

「贅沢な奴だの」七郎が呆れたように言った。「死ぬ気はあるのか」

「焦るな。お迎えは、疾うに来ておる」

雨月が、ゆるゆると峠道を指さした。

十四郎は、雨月の誘いに乗り掛けた七郎を突き飛ばすと、飛び退きながら脇差を雨月に投げ付けた。

脇差は、毒針を手にした雨月の胸を貫いて止まった。

第四章　血煙・加賀路

一

隠し戸が開き、誰かが庭に入って来た。

その者は、繋ぎ屋敷の壁を伝うと、迷いも見せずに細工した壁を外し、屋敷の内へと入った。勝手を知り抜いた者である。

子の刻（午前零時）過ぎという刻限であるにも拘わらず、警護の者が騒ぎ立てることもなかった。

（嘉平次か）

と綜堂は思った。加賀路から急ぎ戻ったのであろう。

雨月の死を伝えに来たとしか思えなかった。

雨月が十四郎と七郎を倒したのならば、わざと夜陰に紛れて帰ることもあるまい。

動きが読みやすいのが嘉平次の欠点だった。配下の忍びを纏めるには適しているが、刺客として放つにはあまりに物足りなかった。

(六人衆にはなれぬ男よ)

綜堂は、寝床を離れ、円座に移った。

間もなくして床板が外れ、僅かな隙間から黒い影が滲み出し、平伏した。

「《雨衣》が敗れたか」

「術が解けたやに見えました」

「解けた?」

「上手く同士討ちさせていたのですが、突然術が解けて襲いかかられ、躱し切れず。なおも策略をもって毒針を射込もうとしましたが、見破られ、あえなく果てましてございます」

「ここまでやるとは思わなんだわ。油断であった」

「…………」

嘉平次は、綜堂の言葉を凝っと待った。

「二人を引き離す。それが先であった……」

綜堂は、暫く黙考していたが、

「弓彦と金剛は」と嘉平次に訊いた。「どこにおる？」

「加賀で、ご指示あるを待っております」

「十四郎と七郎は、どの辺りか」

「金沢に着く頃かと」

「二人に金沢の土は踏ますな、と伝えい」

「《流星》を使うても、よろしいでしょうか」

「訊くまでもない」

《流星》は、山鳩の帰巣本能を利用した連絡法だった。

嘉平次が、床板を直し、廊下に下がった。気配が遠退くのを待ち、綜堂はちっ、と舌打ちをした。

（誤算であった……）

烏鉄と雨月の二人が、まさか土井利勝の甥と柳生宗矩の倅に倒されようとは、考えてもいなかったのである。

（必ず仇は討ってくれる）

綜堂は、寝床に戻ってからも、闇を凝視(ぎょうし)し続けていた。

その頃、嘉平次は武器庫に向かっていた。《流星》を飛ばすには、夜が明けるまで待たねばならない。その間に、火器を拵(こしら)えようとしたのだった。

(儂(わし)にも意地がある)

機会があれば、六人衆同様、死闘の場に踏み込み、命を懸けて戦ってみたかった。それだけの力はある筈(はず)だと思っていた。

嘉平次は、竹筒に火薬と鉄片を交互に詰めた。

二

十四郎と七郎は、栃ノ木峠を下ると、今庄、府中(ふちゅう)、北庄(きたのしょう)と距離を稼ぎ、大聖寺(だいしょうじ)の古刹(こさつ)・叢臨寺(そうりんじ)で一夜を過ごした。叢臨寺を選んだのは、臨済宗の古刹であったからだった。

——好きな時に好きなだけ、寺に泊まれるように。

と沢庵から一筆頂戴している十四郎にとって、臨済宗の寺は我が家と同じだった。

無理を言う気などは毛頭なかったが、頼めば便宜を図ってくれるのがありがたかった。

歩き始めて六里（約二十三・五キロメートル）。安宅関を越えた。

金沢まで六里と十八町。訳も無い距離だったが、関を越した途端、街道の気配が変わった。絡み付くような視線が、十四郎と七郎を捉えて離さなくなった。

燕忍群の張った結界だった。

「血の雨を降らさずば、通れぬらしいな」

十四郎が小声で七郎に言った。

「望むところです」

七郎が刀の柄に左手をのせた。

十四郎は素早く街道を行き交う旅の者どもを見回した。武家に商人、一人旅の者に夫婦者に親子連れ。すべてが敵だと見て、まず間違いはなかろう。

七郎が鯉口を切った。

（おいおい、ちと早くはないか）

思っただけで、十四郎も鯉口を切った。

男童が駆けて来る。女童に追い掛けられているらしい。ひどく汚れた顔をしている。街道近くの百姓の子供なのだろう、萎びた大根のようだ。

「子供だとて油断するな。特に、吹き矢には気を付けろ」

「心得ております」

喚声を上げて、子供たちが通り過ぎて行った。

その後から、荷車を引いた百姓が来た。荷台に青菜と嫁を載せている。嫁は赤子に乳を含ませていた。

「この一件が終わったら」と七郎が言った。「お手合わせを願います」

「栃ノ木峠で立ち合うたではないか」

「勝敗を決しておりませぬ」

「今はまだ、私には勝てぬぞ。それでもか」

「試してみましょう」

「強気だな」

「それが取り柄だと思うております」

「分かった」

彼我の腕の差は、確実に縮まっていた。こちらの腕が伸び悩んでいるうちに、七郎がぐいぐいと腕を上げているからだった。

一度越されれば、二度と勝てなくなる。まだまだ後塵を拝す訳にはいかなかった。己にも越えねばならぬ〝仇〟がいた。

「来ませぬな」

七郎が荷車を引いている百姓を見ながら言った。

「いや、来ておる」

確信に似たものが、十四郎にはあった。

荷台に載せられていた若妻が、七郎に会釈した。赤い頰をした丈夫そうな若妻だった。七郎が応えた。応えた七郎に、若妻が赤子を放った。反射的に抱きとめた七郎目掛けて、夫らしき男が刃を突き出した。

既のところで躱した七郎が、赤子を若妻に投げ返すや、太刀を引き抜きざまに男を袈裟に斬り捨てた。

その瞬間、街道にいた者が全員牙を剝き、十四郎と七郎に襲いかかった。

七郎の剣は凄まじくよく斬れた。肉を斬り、骨を断ち、血潮を噴き上げさせ、瞬く間に一面を血の海に変えた。

「流石は柳生新陰、動きに無駄がないの」

「何の、まだまだ省けましょう」

太刀を鞘に納めようとして十四郎は、大きな身体つきの男が己を見据えているのに気が付いた。

「こちらにもおります」

弓矢を手にした痩せた男が、七郎に狙いを定めていた。

「死に急ぎおって」

七郎は吐き捨てるように言うと、弓矢の男に向かって駆け出した。

だが、十四郎に七郎の動きを見ている余裕はなかった。

巨体の男が、俊敏な動きを見せて、十四郎に詰め寄っていた。

「………」

十四郎は居合腰になって待ち構えた。

敵が打ち込んで来た時に、どれだけ鋭い初太刀を放てるかで、勝敗は決する。

初太刀で倒せればよいが、躱されるか受けられた時は、即座に二の太刀を繰り出さねばならない。二の太刀の優劣を決めるのは、初太刀だった。

大男の腕が見えた。空だった。

（得物は、ないのか……）

あった。両の手先に鉤手甲を付けていた。

右か左か、一方の鉤手甲で太刀を受け止め、動きを封じ、他方の鉤手甲で相手を斬り裂く。

（上手くいくかな）

十四郎は、太刀を抜くと見せて、脇差を抜きざまに投げ付けた。大男の胸に当たり、弾けて飛んだ。鉄を着込んでいる。

巨体が間合いに飛び込んで来た。

鉤手甲を躱しながら、大男の足を掬った。足にも鉄が巻かれていた。太刀は高い金属音を残して弾かれた。

「儂に、刀は効かぬわ」

大男は、手足と胴でも物足りないのか、額から頬を覆う鉄製の半首を顔に付けていた。

「まるで、甲虫だな」

「名はある。金剛だ。よう覚えておけ」

金剛は、愉快そうに笑うと、

「もっとも」と、真顔になって言った。「直ぐに、頭が働かなくなるがな」

「そなたが、か」

「口を利けなくさせてやる」

金剛が、腕を顔の前で交差させ、突進して来た。

十四郎は身体を沈め、金剛の肩の付け根を斬り上げた。やはり、鉄が埋め込まれていた。金剛が腕を振り回した。鉤手甲が太刀の上を滑った。

前に転がり、足が着いたところで飛び退いた。

「ちょこまか動きおって」

金剛は、眉を逆立てると、足をじりじりと踏み出して来た。

十四郎に一案が浮かんだ。金剛が身に付けている鉄片よりも、粟田口兼光が鍛えた業物の方が鋼の強度は上の筈だ。

(ならば……)

鉄片ごと斬ってくれよう。

正面から対峙した十四郎は、十二分に力を溜め、真っ向から斬り下ろした。ピンと音がして、鉄の爪が一本折れ飛んだ。だが、それだけだった。金剛の右手甲と左手甲が、がっちりと刀身を握り締めた。刀身がびくともしなくなった。

「貰(もら)った」

金剛は言い放つと、巨体を軽々と宙に浮かせ、回転した。鉤手甲が回り、刀身が回り、柄が回った。十四郎の腕も、肩も捻(ねじ)り上げられた。

十四郎は、堪え切れずに太刀から手を離した。途端(とたん)に、粟田口兼光が弾き飛ばされた。

「さあ、どうする？」

金剛は、鉤手甲を打ち合わせると、素手となった十四郎を睨(にら)み付けた。


行く手を阻(はば)んでいた下忍(げにん)を倒し、七郎はぐいと胸を張った。

胸板目掛けて、男が弓を引き絞っている。

(何度やっても同じだ)

射殺(いころ)せると思うなら、射るがよい。口には出さず、身体で示した。

矢が来た。

身体を竦(すく)めるようにして躱すと、二の矢が飛来した。刀の峰で叩(たた)き落とした。

目を離した隙に、男の姿が消えていた。

（隠れおったか）

十四郎の方を見た。梃摺(てこず)っているのか、地を転がっている。

（何を遊んでいるのだ？）

声には出さず、七郎は四囲(しい)に目を配りながら男がいた方へと進んだ。街道を外れると、灌木(かんぼく)が繁っていた。下草は盛りを過ぎて疎(まば)らになりつつある。

己の歩みに合わせて、草陰の気配が動いた。

気配は徐々に間合いを詰めて来た。

七郎が歩みを止めた。気配も、遅れて歩みを止めた。数瞬の後、先に動いたのは、敵だった。

下草を掻(か)き分けるようにして飛び掛かって来た。

胴を払い、小手を奪い、瞬(また)く間に三人を地に這(は)わせた。

風を斬り裂く音がした。鋭い。

（矢だ）

思った時には、横に跳んでいた。

矢の来た方に、瘦せた男がいた。弓を引き絞っている。

（くどい）

その男に狙われるのは、三度目だった。始末をつけないと、何度でも射掛けて来るだろう。己が技量を思い知るがよいわ。

七郎は地を蹴り、走り寄った。

「《木霊返し》」

と男の唇が、動いた。声を発した訳ではない。だが七郎は、己の耳で聞いたような気がした。

矢が放たれた。黒く塗られた矢だった。地を嘗めるように飛来した黒い矢は、七郎の耳を掠めて、虚空に飛び去った。

男は直ちに弓を捨てると、太刀を抜き払い、下段に構えた。

（太刀も使えるのか）

男の太刀の切っ先が、土に潜った。跳ね飛ばし、目潰しにするつもりらしい。

そんな小細工が、俺に効くと思うてか。間合いに踏み込もうとした。

「燕六人衆・弓彦」

男は名乗ると、剣とともに虚空に飛び上がった。

（愚かなり）

七郎の頬が鈍く緩んだ。宙に浮いた身体に逃げ場はない。弓彦の足首を刀で払おうとした。その時だった。弓彦の身体の陰から、矢が飛来したのだ。

耳を掠めて飛び去った黒い矢だった。

虚空を駆け上がった矢が、円弧（えんこ）を描いて、振り出しに戻る。

七郎は己のいる場所を悟った。

弓彦が黒い矢を放ったところだった。

弓彦の刀が、唸（うな）りを上げて襲い掛かってきた。矢は目前に迫っている。

刀か矢のいずれかは躱せるが、双方を躱す余裕はなかった。

刀を払い除（の）けながら、身体を捻（ねじ）った。

矢が、右肩口を貫（つらぬ）いた。

弓彦は奇声を上げた。勝ちを確信したのだろう。ために動きが僅かに遅れた。

七郎は肩からぶつかるように身を寄せ、太刀を水平に走らせた。弓彦の額がざくりと割れた。血潮が顔を洗っている。血潮の中で目が動いた。七郎の背後を見ている。

七郎は駆け寄って来る足音を聞いた。少なくとも四、五人はいるだろう。手練（てだれ）でないことを、矢に毒が塗られていないことを祈った。

金剛の鉤手甲が袴の裾を引き裂いた。ふくら脛に、鉄の起こした冷たい風が当たった。

転んだ。二転三転し、燕の下忍にぶつかった。下忍の手から、忍び刀をもぎ取った。

頼りない長さであり、重さだったが、素手よりはいい。

金剛が、来い、と手招きをした。

刀を構えながら辺りを見た。腰程の高さの大岩があった。

金剛が鉤手甲を振り回しながら詰め寄って来た。摺るようにして足を引いた。

間合いを縮めようと、金剛が一歩、二歩と足を踏み出して来る。

「逃げるな」

金剛が叫んだ。

「逃げてはおらぬ」

「下がっておるではないか」

「誘っているのだ」

「まだ勝つつもりでいるのか」

「悪いが、勝つ」

「ならば、勝ってみせい」

金剛が、勢いをつけて鉤手甲を繰り出した。その瞬間を狙い、十四郎は大岩に飛び上がり、更に宙に舞った。見上げた金剛の頭上から、顱頂部目掛け、忍び刀を突き立てた。

刀身が半首の隙間にめり込み、頭皮を抉った。血が噴き出し、顔面と上半身を血で染め始めた。

「金剛様」

駆け寄った下忍が、身構えながら金剛を支えた。

「一先ずここは」

金剛は下忍の腕を振り解こうとしていたが、七郎と、七郎を守るようにして走り来る忍びの姿を見て、引き上げるよう叫んだ。

金剛らの姿が遠去かるのを確め、十四郎は金剛に弾き飛ばされた粟田口兼光と脇差を手早く探しに掛かった。背後から女の声がした。

「斯様なところで何をしておられるのですか」

久しぶりに聞く土井家細作の頭領・蓮尾水木の声だった。

三

金沢の御城下に向かって真っ直ぐ進み、犀川大橋を渡り、川原町で北西に折れる。長土塀の続く武家屋敷を彼方に見ながら犀川神社の手前をひょいと北に折れると、鬼杖流栗田寛次郎嘉記の道場がある。

無名に等しい流派だったが、衒いのない率直な教え方が好評を博し、前田家の重職から軽輩の子弟までもが入門し、賑わっていた。流派の名は、栗田家発祥の地である鬼杖谷から頂戴したものだった。

——看板など、どうでもよいのです。

それが、寛次郎の考え方だった。

栗田寛次郎との交誼は、六年前の寛永二年（一六二五）に遡る。

駿府での御前試合で相手を斬り殺して旅に出、その途次知り合ったのだった。

一月近くともに旅をしたのだが、その間に寛次郎と手合わせをしたことはない。しなくとも、剣の話をしただけで、互いの腕の想像は付いた。

寛次郎にしても、五分の腕を持つ者との道中は楽しかったらしく、それが縁で十四郎はこれまでに何度となく金沢に招かれ、道場の手伝いをし、栗田の新造・千代の手料理に舌鼓を打った。お蔭で、町を歩いていると先生などと呼ばれることがあり、弟子を持ったことのない暮らしを続けて来た十四郎には居心地のよい町だった。

「驚きました」

と水木が言った。小頭の千蔵が斜め後ろで頷いて見せた。

ここに至る経緯を、十四郎が話し終えたところだった。

「十四郎様が来られたこともですが、我らが金沢におることを百舌に聞いておられたのなら、何故大事を知らせて下さらなかったのです」

「済まぬ。そなたらの居場所は分からぬし、追われるままに先を急いでいるうちに、金沢へ着いてしまったのだ」

「百舌にお尋ね下されば、我らの隠れ家は、自ずと知れましたでしょうに」

「そうであった」

十四郎はもう一度頭を下げた。

寛次郎の道場と母屋を繋ぐ廊下の脇に設けられた、十四郎の部屋だった。

金沢に入った十四郎らは、七郎の手当をした後、尾山町にある柳生新陰流指南の者の屋敷まで送り届け、改めて栗田道場に入ったのだった。

歓待しようとする栗田夫婦を押し止め、政に関わる内密の話があるからと、井戸端で水を被って旅の汗を流し、夕餉の膳を掻っ込み、十四郎の部屋に籠もったのである。

「いかがいたしましょう？」

千蔵が水木に訊いた。

「先ずは、百舌の様子を確めてもらいたい。動けるようであれば、木之本から我らの隠れ家に移せ」

「頭領は？」

「私は、今夜中に出立し、江戸で殿の御指示を仰ぐ」

「何か」と十四郎が訊いた。「調べ物があったのではないのか」

「ございましたが、たとえ十四郎様でも、殿のお許しがなければお話しいたす訳には参りませぬ」

「であろうな」

「ですが、十四郎様のお話で合点がいきました」

火事で焼け落ちた城の普請は別として、屈強の者を身辺に配そうという動きが前田家にあったのは、光高暗殺を企てる者の存在に気付き、早めに対処しようとしたのだと思われた。

（ということは、元はと言えば、将軍家が蒔いた種ではないか）

水木は口に出さずに呑み込んだ。

「暗殺の芽は潰しとうございますが、我らが勝手に動くことは許されませぬ。もし私の留守中に何かございました時は、私が責を負います故、配下の者を存分にお使い下さい」

「そうさせて貰おう」

使う気はなかったが、水木を安心させるためだった。心の読めぬ水木ではなかった。

「千蔵、そなたの役目じゃ。十四郎様をお独りにするでないぞ」

「承知いたしております」

「私は童か」

「始末の悪い悪童にございます」

「頭領、私はこれで」

千蔵が、笑いを噛み殺しながら片膝を立てた。

寺町に設けてある隠れ家に行き、木之本まで走らせる者を選び、出立させせなければならなかった。その隠れ家は、十五年前、光高が生まれた翌年の元和二年（一六一六）に建てられていた。

「私も一度戻って旅支度をするからの」

「承知いたしました」

千蔵が流れるような動きで戸口を開け閉てし、消えた。

「それにしても」と十四郎が、改めて水木に礼を言った。「よいところに来てくれた。助かった」

「何やら安宅関辺りに忍びが集結している旨の報を受け、様子を見に行ったのですが、何よりでした」

加賀路は、安宅関を通ると六里余で金沢の城下に入る。野町を通り、寺町を抜け、犀川に至る道程である。隠れ家から道一本のところであったのも、十四郎らの幸運の一つだった。

「矢鱈としつこいのだ、燕忍群は」

十四郎は襲われた経緯を、更に細かく水木に話した。

「その最中に、頭を剃られたのですか」

「顔を洗う序(つい)でに頭も洗えるので、手間が要らぬ。一度剃ると癖になるのだ」

「細作の務めには、よいかもしれませぬね」

「楽だぞ」

水木が笑った。十四郎は何か言わねばと思ったが、言葉に詰まってしまった。

水木の乳房が、目の前にちらついたのだ。

昨年のことである。刺客・柳生七星剣と戦った時、水木が両の乳房の上を横一文字に斬られた。出血が多いから、と居合わせた樋沼潔斎が縫(ぬ)い合わせてくれたのだが、十四郎は傷口が開かぬよう両の乳房を押し上げていたのだった。水木を目の前にしていると、乳房の重みと感触が掌(てのひら)に甦(よみがえ)った。それを誤魔化(ごまか)そうと、思わず尋ねてしまった。

「もう傷はよいのか」

「疾(と)うに治っております」

その筈だった。小磯の隠れ家に水木を見舞ってから、十月余になる。その間十四郎は、江戸から遠いところにいた。

「治るような」と十四郎は、思いを改めて言った。「斬り方をしようとは思うのだが、また沢山の人を殺(あや)めてしまった」

「此度の件は、致し方のないことだと存じますが」

「斬っている時は、夢中なのだ。己を守ることでな」

「当たり前のことだと思います」

水木が思い付いたように沢庵の名を口にした。

「何と仰せになられましょう？」

「己を捨てよ。そんな汚い己など、守る価値もないわ、というところかな」

「沢庵様は間違うておられます」

「そうか」

はっきりとした物言いに、十四郎は圧されるものを覚えた。

「大切に守って下さらねば、承知いたしませぬ」

照れ隠しに十四郎が頭に手を当てた瞬間、水木の手首が返り、小石が飛んだ。

十四郎が素手で受けた。

「もし撒き菱で、毒でも塗られていたら、何となさいます？」

「構わぬ。もう一方の手が、そなたを斬っておるわ」

「それでは、ご自身のお命が危うくなりましょう。まず生き残ること、それを第一にお考えになられますように」

「相分かった」

「この一件が終わったら、ゆるりとお会いしとう存じます」

「同じことを七郎殿に言われた」

「立ち合われるのですか」

「そのつもりだったが、怪我をしたのでな」

「止める柳生様とは思えませぬが」

「であろうな」

「勝てますか」

「恐らくはな。が、勝てたとしても、来年の秋口までの間で、それ以降は歯が立たなくなるやもしれぬ」

「敗れた時、剣客槇十四郎は、どうなさるおつもりですか」

「まだ枯れるには早い。工夫を重ねるであろうよ」

「そうであってほしいと思います」

目が合った。どちらともなく、笑みが浮かんだ。

「……道中でお二人に向かってきた者どもですが、もう襲うては来ぬかと存じます」

「何故かな?」

「こう申しては何ですが、柳生家のみならず、私どもに会ったことで土井家にも知られたのでございます。十四郎様を殺めねばならぬ道理がなくなりました」

「そうだろうか」と十四郎が言った。「まだ知っている者は、限られておる。私ならば、皆殺しにするぞ」

「それを聞いて安堵いたしました」

「…………?」

「血腥いところが、まだ随分と残っておいでなので」

廊下を忍び歩いて来る気配がした。十四郎と水木が同時に身構えた。

「十四郎殿」

寛次郎の声だった。

「外の様子がおかしい。ご用心召されい」

「私を狙う奴どもでしょう。御新造を安全なところにお隠し下さい」

「抜かりはないわ。既に隠した」

寛次郎の頭が動いたらしい。声の出所が変わった。塀の様子を窺ったのだろう。

「来おった、来おった。着く早々、大変ですな」

「参ろう」

十四郎は水木を促してから蠟燭を吹き消した。

庭木の間から滲み出るように、黒い影が現われた。影は五つあった。

「私ならここにおるぞ」

十四郎が壁から半身を覗かせた。

「槇十四郎殿ですな？」

中央にいる影が言った。

「何を今更」

「待たれい」影が、手を横に振った。「人違いでござる」

「忍び込んでおきながら人違いもなかろう」

十四郎の背後に水木を見て取った影が、手と指で宙に文字らしきものを書いた。

「十四郎様」

水木は十四郎の前に回り込むと、指と手の動きを見詰めている。

徳川家の細作に伝わる指文字であった。似たような指文字を使う忍びは他にもあったが、細かな約束事が大きく違っていた。ところが影の指文字は、徳川家の細作のみが知る約束事を全て踏まえたものだった。

「敵ではございませぬ」

「では、誰だ？」

水木に訊いた。

「私どもの仲間と思われますが、確とは……」

「我ら」

と指文字を止め、影が言った。

「かつては徳川の細作だった者にございます」

「すると、珠姫様に付いて来た？」

水木が尋ねた。

「初めてお目にかかる」

影が、闇を見据えるような眼差しを向け、

「今は」と言った。「本多家お抱えとなっております」

水木は、加賀に向かう直前に利勝が己に洩らした言葉を思い返した。

慶長六年（一六〇一）に秀忠の息女・珠姫が前田利常の許に輿入れした時に、万一の時には密かに脱出出来るようにと細作二家が付けられた。それから二十一年間、秘かに仕え続けていたのだが、珠姫逝去に伴い行き場を失い、禄を離れた。そうした彼らを探し出し、家臣に加えたのが、本多正信の二男にして、稀代の変人とも言われる前田家の年寄・本多安房守政重であった。

「殿が、夜分突然の招きでご不快かもしれぬが、是非ともお会いしたいとのこと。いかがでございましょう？」

「参ろう」

「かたじけのうございます」

「さすれば支度がある故、表で待っていてくれぬか。ここは庭だからな」

「失礼をいたしました。我ら、表から入る習慣がございませぬので」

「それはいかぬな。直したがよいぞ。私に弓があらば、一人か二人は射殺しておったであろうからな」

「覚えておきまする」

「では、直ぐ参る故、待っていてくれ」

「承知いたしました」

影が表に回った。

「よろしいのですか」

「私はこれから御新造に騒がせた詫びを言い、栗田殿と茶を飲みながら世間話をしてからゆるりと参る。その間に、済まぬが、配下の衆を集めて本多屋形を見張ってくれぬか」

「本多家の屋形には光高様が逗留しておられるので、政重様のおられる寮に行かれるのだと思います。そちらを見張っております」

四月の大火以来、光高は火炎を免れた本多屋形に仮住まいしていた。ために政重は、大名家の下屋敷にあたる寮に移っていたのである。

「分かった」十四郎は、小声で言い添えた。「一言申しておくが、見張って貰うのは、怖がっているからではないぞ。水木殿に心配を掛けたくないからするのであって、私のためではないのだぞ」

「そうしておきましょう」

「その言い方は気になるな」

「遅くなりますので、参ります」

裏に走った水木を見送り、十四郎は奥へと板廊下を踏んだ。

四

本多家の寮は、屋形に近い城の南方にあった。以前は夜ともなれば深閑としていたのだが、政重が移って来てからは、門前の篝火を絶やしたことがなかった。

政重は奥の間にいて、酒を飲んでいた。

戦国の世に名を馳せた武将らの間を転々として来た男である。ふてぶてしい面構えを想像していた十四郎は、ふっと足許を掬われるような思いがした。抜けるように色が白く、細く長い指をした、腺病質な男であった。

「酒は、どうだ?」

飲み干し、空になった盃を差し出した。小姓が膝でにじり寄った。

「結構でございます」

「飲まぬのか、飲みたくないのか」

「御用件を伺うまでは、飲む訳には参りませぬ」

「伯父御は、浴びる程飲まれるそうではないか」

「血の繋がりはございませぬ」

「そうらしいな。伯父上も養子なら、そなたの父御も養子だからの」

「ようご存じですな」

「土井の家は、凄い養子で保っている。目利きと言う他ないの。しかし、どうしてそなたは土井を名乗らぬのだ？」

　伯父と同じく、表の政に関わる身であれば、土井を名乗りもしようが、祖父が興した槇抜刀流を受け継ぎ、剣客として生きる以上は、槇を名乗っていたかった。それだけのことだったが、この不遜な男に答える気はなかった。

「酒の相手なら、誰か暇な者をお選び下さい。御免」

　片膝を立てた十四郎を、政重が止めた。

「気が短いの」

「いつもはもっと短うございます」

「用件を言おう」

　政重は盃を伏せると、小姓を下げ、青みを帯びた切れ長の目を十四郎に向けた。

「どこぞの馬鹿が、筑前守様のお命を狙うておるらしいが、知っていることを教えてくれぬか」

「何を仰せになられているのか、分かりませぬ」

次代藩主、ましてや次の将軍に、とも取り沙汰されている筑前守光高暗殺にかかわる陰謀である。伯父の指示がなければ、軽々に話せるものではなかった。

「将軍家が御養子にと仰せになってから、暗殺の噂がよう聞こえて来るのだ。御養子になられるとは思うておらぬが、万が一ということもある。いかに筑前守様のお命をお守りするかで、大騒ぎをしておるのだ。すると、それに目を付け、謀叛の企みがあるなどという風評を立てられる始末。この苦衷、察してはくれぬか」

「お命が狙われているのなら、何故本多様の屋形におられるのです？」

「本丸は四月の大火で焼け落ちた。北の丸には、殿がおられる。そこに暗殺の噂だ。どうやってお守りするか。相手は戦を仕掛けて来るのではない。限られた人数だ。となれば、城でなくとも鉄壁の守りを敷ける場がよい。そこで選ばれたのが、儂の屋形となった訳だ。分かるか、その意味が」

「…………」

政重が鋭い一瞥をくれた。

　光高の暗殺を企むのは、将軍家跡継ぎの候補である尾張か紀州に絞られる。事が公になれば、非難は両家に集中するだろう。それを押してまで暗殺を企てるは、家康の息子としての矜持が故かもしれぬ。

　一方前田家は、暗殺を阻止し、無事光高を将軍継嗣に据えることが出来れば、万々歳である。光高が将軍となった暁には、御三家をも上回る威光を持つに至るだろう。

　万が一、光高暗殺が成った時は、光高の住まう屋形を差し出した政重にこそ落度があったのだ、と糾弾しよう。幕閣の中枢にいた本多正信の倅が、幕閣のいずれかの意を受けて、光高が将軍となる芽を摘まんとして、意図的に光高の警護を怠ったのだ、と言い募ることすら出来る。

　そして前田家は、徳川の血筋の者によって、跡継ぎを殺されたという大きな《貸し》を幕府に作ることが出来る。どう転んでも、加賀に損はなかった。

「なかなかに、皆ずるいものですな」

「それ以上は、何も申すな」

「心得ております」

「しかし、噂ばかりで、お命を狙われているという証は何もないのだ」

「残念ながら、某は何も知りませぬ」

「では、何故加賀路で斬り合いをしておった。柳生の嫡男も加わっておったと聞くぞ」

「あれは、柳生と彼の者どもの争いなのです。彼の者どもが柳生の者を斬ったのが争いの因だと聞いております」

「彼の者とは、誰のことだ？」

「それは、柳生殿に訊いて下され。こちらは巻き込まれたのでございますから」

「信じてよいのであろうな？」

政重は暫くの間、凝っとしていたが、にわかに膝を叩くと、

「彼の者どもは」と言った。「燕忍群とか申しての。金で人を殺めるを生業としているのだそうだ」

「左様でしたか」

「奴どもの隠れ家を、儂の細作が突き止めた。安宅関から尾けたのだ」

「あそこに？」

「おった。土井家の細作を見張っていたので、案内して貰ったのだ。礼を言わねばの」

「燕ですが、どうなさるおつもりですか」

「潰してくれる。加賀の地を守るためにもな」

「出来ましょうか」

「出来ぬと思われておるぞ」

政重が両の手を打ち鳴らした。

九つの影が、天井からふわりと舞い下りた。

「槇殿、我ら表で様子を窺っておる土井の細作とは、ちと違いまするぞ」

「おるのか」政重が訊いた。「そのような者どもが」

「何やら深刻な顔をして隠れておりました」

「槇殿は、気遣ってくれる者がおって幸せだな」

政重が手を横に振った。九つの影が去った。

「送らぬが、一人で帰れるな」

「気遣ってくれる者がおらぬと、迷子(まいご)になるやもしれませぬ」

「口の減らぬ奴だの」

「しかし、加賀を守ることで手を結べるかもしれませぬな」

「さあ、どうであろうな……」

政重が再び手を叩いた。

叩き方にどう違いがあるのか、今度は細作ではなく、用人が現われた。

「孫兵衛か、送ってやれ」

「地獄へ、でしょうか」

真顔で訊いた。

「いや、表までだ」

「承知いたしました」

孫兵衛と呼ばれた用人は、戯れ言を言うだけあって腕が立つようだった。身辺の警護の役も兼ねているのだろう。

「こちらへ」

孫兵衛が、表情も変えずに言った。

燕忍群は、金沢城から南東に下った日吉神社近くの無住の寺を《巣》にしていた。

留守居の者がいる訳ではない。務めの間だけ使われる、雨露を凌ぐための塒であった。

《巣》の中央に、頭に布を巻き付けた男が二人いた。一人は大男で、もう一人は弓を扱う痩せた男だった。金剛と弓彦である。

（その他、下忍と目されるる五名の者が出入りしております）

（丁度よい人数だな。暗くなり、全員が揃ったところで片付けるか）

（心得ました）

本多の細作は指文字で話すと、気配を覚られぬように、黙し、石と化した。

半刻が経ち、一刻が過ぎ、日が沈み、夜となった。

燕忍群も忍びである。火も使わなければ、気配も立てぬ。

深い闇のどこに身を潜めているのか、見当がつかなかった。

（いかがいたしましょう？）

（《蛍火》だ。相手の陣容が分からぬでは話にならぬ）

九つの影の掌から黒い綿が、僅かの風に乗って境内に流れた。

綿に染み込ませてあった燐が発火し、四囲を照らし出しながら飛び、燃え尽きて消えた。

（参るぞ）

九つの影が、地を這い、寺の垣根を、塀を越えた。

虫の鳴き音が途絶えた。すかさず、鳴くように飼い慣らした虫を放った。虫の声が、境内を満たした。

回り縁に人影が現われた。

見回りの者であるらしい。

（殺りましょうか）

（奴に燭台になって貰うぞ。《飛び火》だ）

黒い綿とともに、土蜂が放たれた。黒い身体をした土蜂の脚からは、黒い綿の塊が吊り下げられている。土蜂は、闇の中を真っ直ぐ回り縁にいる忍びの許へと飛んだ。忍びの体温を慕ったのである。

（何だ？）

忍びが手で追い払おうとした時、身体の近くに蛍のような火が灯った。仄明かりに照らし出されて、己の身の周りに浮いている黒い塊に気が付いた。

蛍から黒い塊に、小さな火の玉が奔った。火の玉は黒い塊にぶつかると、一瞬のうちに炎で包んだ。

火を噴いた黒い塊が、忍びの身体に絡み付いた。

火柱が立ち、そこから宙に浮いている黒い塊目掛けて火の玉が飛んだ。辺り一面が、瞬く間に火の海となった。

目をやられたのか、顔を両の手で覆いながら回り縁から飛び下りた忍びを、影が手裏剣で倒した。

炎が燃え尽き掛けている。にわかに暗くなった。

再度土蜂を放った。土蜂は、黒い塊を吊り下げ、本堂の戸口を潜った。

炎が立った。

唸り声を上げて、大男が飛び出して来た。火達磨になっている。

十四郎が戦っていた相手だと知れた。

（このような者に梃摺っていたのか……）

手裏剣に加え、手槍を投げた。炎の中央に当たった。

（殺った……）

しかし、手槍は刺さらずに、真下に落ちた。

大男が身悶えるようにして、燃え上がっている着物を、両の手に嵌めた鉤手甲で剝ぎ取った。

黒光りした身体が、炎に照らし出された。

全身が鉄片で覆われていた。

（駄目だ。此奴に刃は通じぬ）

九つの影が左右に散った。

本堂に切り込もうとした影が、背後から飛来した矢に倒れた。

後ろには、敵はいなかった筈だった。

（囲まれたのか？）

見回していた影の一人が、真上から降って来た矢に串刺しにされた。

浮足立った影の前に、弓を手にした男が立った。

「いずれの忍びだ？」

男が訊いた。

「安宅関に駆け付けた者どもとは違うようだな？」

「…………」

「まあ、よいわ。骸になれば同じことだ」

男が影に向かって矢を射た。矢は大きく逸れて虚空へ飛んだ。

安堵した影に、男が斬り掛かった。刃を受けた。その途端、男が地に伏せた。

（何だ？）

思った時には、影の胸に矢が刺さっていた。

「《木霊返し》、冥土の土産にいたせ」


四つの影が固まっていた。

大男が両手を広げ、逃げ道を塞いでいる。

「さあ、どうする？」

四つの影が、同時に手裏剣を投じた。鉄片に跳ね返されて、悉く地に落ちた。一つの影が、突進した。一方の鉤手甲が刀を叩き落とし、もう一方の鉤手甲が首筋を斬り裂いた。血飛沫が鉄片を黒く濡らした。

仲間の背を借り、二つの影が宙に舞った。十四郎と同様に頭上からの攻めを試みたのだ。

大男が鼻を鳴らしながら、飛び上がった一人の忍びの足を鉤手甲で引っ掛け、地に叩き付けた。肉が裂け、白い骨が剝き出しになった。大男は、飛び上がったもう一人の影に肩で当たり、転倒したところを鉤手甲で打ち据え、頭蓋を砕いた。

足の肉を抉られた影が這って逃げようとしていた。

大男は、ゆっくりと追い、足を踏み付けて動きを止めると、鉤手甲を顔面に打ち下ろした。

怯え、立ち竦んでいる影の胸に、矢が吸い込まれた。

「おい、俺の獲物だぞ」

大男が喚いた。

「済まぬ。後の二人は、金剛にくれてやるわい」

大男の顔が和んだ。

薄笑いを浮かべたまま、辺りを探している。

「どこに隠れおったのだ？」

「あそこだ」

崩れた土塀を背にして震えていた。

「汝ら、忍び働きをしたことがあるのか」

二つの影が首を横に振った。

「そうか。初のお務めか」大男がしんみりとした口調になった。「初のお務めで死ぬのか。それも惨たらしく……」

影が飛び出した。

大柄な身体のどこに、そのような俊敏な動きが隠されていたのか、大男は地を蹴ると、宙を滑るように走り、二つの背を割り裂いた。

「血塗(まみ)れよ」

金剛が楽しそうに笑った。

「それで、十分か」

弓彦が訊いた。

「何が？」

「血だ。物足りなくはないか」

「殺れるのか」

「襲えばな。寝入り端(ばな)を襲われたのだ。今度はこっちが襲う番であろうが？」

「こいつらが、どこの者か分かったのか」

「誰でもよいわ。我らの味方でないことだけは確かだからな」

弓彦は、下忍どもに遺骸を集め土を被せるよう命じると、金剛に言った。

「ちと血がにおうでな、洗い落とした方がよいぞ。襲うのは、槇十四郎だからな」

五

犀川神社の森に巣食っている烏（からす）が、鋭い啼（な）き声を上げた。

「不吉ですな」

栗田寛次郎が、燭台の灯に顔の半面を浮かび上がらせながら言った。

目の前には、本多家の寮から戻って来た十四郎と水木がいた。水木配下の細作は、一足先に隠れ家に帰っている。

「どうしたものかの？」

十四郎が溜め息を吐（つ）いた。光高公のお命を狙う者がいることを、誰に訴え、何をすればよいのか、考えあぐねてしまったのだ。

「とにかく、御城下まで来ればどうにかなると思うたのだがな」

「やはり、殿にお伺いするのが最良かと存じまする」

水木だった。

「私も百舌や柳生の七郎殿に出会わなければ、江戸に向かったのだ。あれから、四、五日経ってしもうた。ここは一刻も早く、江戸の伯父上の許に向かってもらうしかない。そなたが戻るまで、陰ながら御継嗣様をお守りしている。頼むぞ」

「あまり無茶はなさりませぬように」

「心得ておる」

そこまで送ろう。十四郎は立ち上がると、太刀を手に下げ、廊下に出た。

水木が後ろから付いて来る。

庭木の葉や飛び石が、濡れたように光っている。

土壁が、庭の景観を遮（さえぎ）った。暗い廊下が続いた。

「十四郎様」

水木が囁（ささや）いた。

「分かっている」

「栗田様には？」

「気付いておると思うが、御新造のこともあるからな、一応頼む」

「承知しました」

「奴どもが吹き矢を使うことも忘れずにな」

「はっ」

水木が背後から離れ、障子（しょうじ）の内側に滑り込んだ。十四郎は鯉口を切り、闇に佇（たたず）

み、耳をそばだてた。

　庭を横切って来る気配がした。

　忍びは、踏み石に片足を載せると、すっと廊下に上がり、十四郎が隠れている闇の辺りを探った。気付かれていないと思ったのか、仲間の忍びを手招きしている。二人の仲間が、背後に付いた。

「燕か」

　闇の中から尋ねた。

　忍びどもの動きが止まった。闇を見据えている。闇の中で光るものが奔った。

　先頭にいた忍びが、つんのめるように倒れ、二人の忍びが続いた。

　瞬く間に三人を斬り捨てた十四郎は、廊下から庭に下りた。

　七つの黒い影が後退り、一際大きな影が一歩前に出た。金剛だった。

「そなたの技は見切った」

　と十四郎が金剛に言った。

「もうそなたの腕では、私には勝てぬ。止めるがよかろう」

「何を。二度と同じ手は食わぬ」

　十四郎は問答しながら弓彦の気配を探った。

矢への対処が遅れれば、死に直面するしかない。

突然、庭木戸が開き、影が血を噴きながら庭に転がり込んで来た。

「鬼杖流栗田寛次郎である。お相手いたす」

寛次郎の大音声が木戸口に響いた。影の半分が木戸に向かった。

塀の上で何かが動いた。そこは木立の陰になっており、十四郎の位置からではよく見えない。

矢音がした。矢は十四郎から逸れて、廊下の柱に突き刺さった。

「十四郎様、弓はお任せ下さい」

塀の方に黒い影が飛んだ。水木だった。手裏剣で弓彦の狙いを狂わせたのだろう。

「おのれ、燕の力、見せてくれるわ」

金剛が鉤手甲を嵌めた両の手を左右にもたげた。羽根を広げた鷲のように見えた。

「見切ったなどと、でかいことを言いおって」

鉤手甲が右から左から、交互に風を切って振り下ろされた。

十四郎は躱しながら横に走り、下がった。

「ちょろちょろ動くでないわ」

「分かった」

十四郎が踏み込んだ。鉤手甲が十四郎の横っ面（つら）に飛んだ。寸で躱した十四郎の身体が沈み、滑るようにして金剛の股間（こかん）を潜り抜けた。

「ぬっ！」

振り向いた金剛の顎裏（あごうら）に、十四郎は脇差を突き立てた。口腔を、脳天を貫いた切っ先が、顱頂（ろちょう）から覗いた。

金剛が白目を剝き、絶命した。十四郎は、ぶら下がるようにして、脇差を顎から引き抜いた。

栗田寛次郎は既に四人の下忍を斬り捨てていた。

四人を斬ったにもかかわらず、太刀には殆（ほとん）ど血糊（ちのり）が付いていない。十四郎には、それが驚きだった。

横に並んで太刀を見詰めた。寛次郎は切っ先三寸のみを使って斬り倒していた。

十四郎が、太刀を躱し、相手の袖を潜るようにして胴を斬るのを得意としているのに対し、小手と二の腕と首筋に狙いを絞っている鬼杖流の太刀筋との違いだった。

下忍が寛次郎に斬り掛かった。

寛次郎の繰り出した切っ先が、鍔の裏へと伸びた。下忍の親指がぽろりと落ちた。感嘆の気持ちを抑え、

「下忍どもを頼みます」

言い置いて、十四郎は弓彦と水木を探した。

塀から塀へと飛び移り、道場の裏に回っていたのだった。

水木を見た。

傷を負っている気配はなかった。

間合いを詰めたか、壁や立ち木を背にして戦っていたらしい。

(よう気づいたの)

弓彦の弱点を読んでいた。

「代わろう」

十四郎が水木に声を掛けたところへ、裏木戸から男が駆け込んできた。

「其奴(そやつ)は、私の獲物だ。譲らぬ」

柳生七郎だった。

「どうして、ここに？」

「本多屋形を見回っての帰りでござる」

「傷は、まだ塞がっておらぬであろう？」

「何の、左手一本あれば十分」

七郎が左手で太刀を抜き払った。

「何をくだくだ言うておるか」弓彦が弦(つる)を引き絞った。「《木霊返し》が、あれだけと思うな」

矢が放たれた。

矢は真っ直ぐ七郎に向かった。躱した。次の矢が来た。刀で叩き落とした。二本の矢が同時に射られた。転がるようにして躱した七郎に、また矢が飛んだ。

矢は虚空に飛び去ると、円弧を描いて宙に昇った。

《木霊返し》だった。七郎が身構えた。その隙を狙って弓彦が、《木霊返し》を続けざまに放った。

《木霊返し》が様々な方角から、続々と七郎を襲う。弓彦は弓を背に回し、太刀を抜き、七郎に駆け寄った。

弓彦の背後から、《木霊返し》が迫って来る。

弓彦が跳んだ。七郎が弓彦に合わせて跳んだ。

地に下りた弓彦が転がった。七郎も地に下り、転がった。

矢が二人の頭を掠めて飛んだ。

弓彦が跳ね起き、下から剣を掬い上げた。七郎は、斜め上段から弓彦の剣を叩き伏せると、返す刀で弓彦の首を斬り上げた。血飛沫が上がり、弓彦の首が胴を離れ、庭の隅に転がった。

「柳生の剣、初めて拝見しました」

寛次郎が、感に堪（た）えぬ面持（おもも）ちで言った。

「流石（さすが）、豪剣でございまするな」

「お褒（ほ）め下さいますな」

と七郎が、傷口を庇（かば）いながら答えた。

「射られてしもうたは、私の未熟でござる……」

「他の者どもは？」

十四郎が寛次郎に訊いた。

「適当に片付けておいたが、よろしかったかな？」

「ご迷惑をお掛けしました」

「なんのなんの。たまには緊張した方がよいですからな」

そう答えた寛次郎ではあったが、中庭に集められた十余の遺骸を見て、始末をどう付けたらよいのか、思い余ってしまった。十四郎に尋ねた。

「手の者に始末させましょう」

水木が言った。

「ここは柳生にお任せ下され」

七郎が、手慣れた作業だと言わんばかりに死骸を見回した。

十四郎が二人を止めた。

「本多殿に任せよう。加賀の御継嗣のために斬ったのだ」

第五章　対決・本多屋形

一

栗田道場で燕六人衆の金剛と弓彦を倒した四日後、蓮尾水木は江戸の土井大炊頭利勝の屋敷にいた。

水木から話を聞き終えた利勝が、太い溜め息を吐いた。

「十四郎奴が、早う儂に知らせればよいものを、柳生なんぞの口車に乗せられおって」

「されど、暗殺の企てが露見したのは、十四郎様のお蔭でございます」

「確かに」利勝は愉快そうに笑い、安藤帯刀殿も、と言った。「まさか熊野路を儂の甥が歩いていようとは思わなんだであろうの」

「企てが露見する時は、そのようなものかもしれませぬ」

水木は、そこで少しく表情を曇らせた。

「ところが、企ての証となるものが、まだ何もないのでございます」

「あろうがなかろうが、構わぬ」

利勝が言った。

「証が必要ならば作ればよいし、不要ならば無視すればよいのだ」

「この一件、紀州様は、どこまでご存じなのでしょうか」

「すべてだ。相手は加賀前田家の御継嗣だ。御三家の一つ紀州家の附家老と言えども、荷が重いわ。紀州様に知らせずに事を運ぶとは思えぬ」

「これからですが、どうなりましょう？」

水木が重ねて問うた。

「もはや、暗殺は土井と柳生の知るところとなっておりますが、それでも筑前守（光高）様を狙うのでしょうか」

「将軍家は尾張様と紀州様がお嫌い故、嫌がらせの意味もあって筑前殿の御名を出し、養子にすると仰せになった。ところが尾張様、紀州様始め徳川の者は、大御所様や将軍家のお血筋と言えども、前田と名の付く者は皆嫌いなのだ。筑前殿を殺したとて、誰も怒らぬ。そこまで読んだとすれば、殺るかもしれぬ」

それから、と言って利勝は、一旦言葉を切り、再び口を開いた。

「今ひとつ。何やら謀をしたと思えるが証のない時、幕府は紀州に対し、どのような態度に出るか、それを知ろうとして襲わせるかもしれぬな」

「何故、そのような大それたことを」

「分からぬが、幕府を試すくらいのことはするであろうよ、紀州様と帯刀殿ならば」

「狙われる筑前様のお立場は、どうなるのでございます？　試しで狙われ、殺されたのでは死に切れませぬ」

「人の上に立つということは、覚悟の要ることなのだ。儂も、いつ試しの道具に使われるか分かったものではないわ」

「帯刀様とは、そのようなお方なのですか」

「…………」

安藤帯刀には、幕臣たちに語り継がれている壮絶な話があった。

大坂夏の陣の戦場を駆けていた帯刀の家臣が、帯刀の嫡男・重能の変わり果てた姿を見付けた。

――殿、重能様が……。

帯刀は、ちらと死骸に目を遣ったただけで、先に進もうとする。家臣の者たちは、帯刀に取り縋り、嗚咽を交えて言う。

――このままでは、あまりにも……。

――武士たる者が戦場に屍を晒したとて、何を嘆くことあろうや。屍は犬に食わせるがよいわ。

それが帯刀の答えだった。

「人を試すようなお方ではなかったが、昔から徳川将軍家と紀州様の御為となれば人が変わられた。お年を召された今では、試しでも何でもなさるかもしれぬの。とにかく、お二人のことしか、眼中にないお方なのだ」

「紀州様は？」

「あのお方は血の気が多く、芝居っ気がおありになる。暗殺が成るか成らぬか楽しんでおられるのであろうよ。どのみち、追及の手が伸びようと、己までは届かぬと高を括っておられるのだ」

「では、どうなされます？」

「そうよな」

「こうしている間にも、刺客は筑前様に近付いておりまするが」

「十四郎と柳生の倅に任せるしかあるまい」

「それで、よろしいのですか」

「儂が乗り込む訳にもいくまい」

「それは、そうでしょうが……」

「二人が刺客を倒せばよし、倒せなんだとしても、この一件で、少しは紀州様の首根っこを押さえられよう」

「倒せなんだ、とは……」水木が驚いたように言った。「その時は、十四郎様がお命を落とされる時なのでございますよ」

「剣に生きておるのだ。敗れれば、死ぬ。分かり切ったことだ」

利勝が冷徹に言い放った。

「あのような気楽な風来坊でも甥は、甥だ。可愛くないと言えば嘘になる。しかし、私心は捨てねばならぬ」

「はい……」

土井の細作の代を継いだ時、私心を捨てることを誓った身であることを、水木は思い出していた。しかし、十四郎の身に何かあったらと思うと、水木の心は乱れた。乱れを覚られまいと、利勝に尋ねた。

「紀州様に、何らかの処罰は下されないのでしょうか」

「それは無理な話だ。何の証もないのだからな」

「前田家は殺され損でございますか」

「いや、刺客の襲撃から御継嗣を守れなければ、それは偏に加賀の落度として扱われよう。前田は苦しい立場に追いやられるかもしれぬ。それが政というものだ」

利勝は、水木の顔に浮かんだものを読み取ると、

「汚いものだ」と言った。「儂はその中にどっぷり浸かって生きてきた。十四郎には嫌われような」

「…………」

「直ぐさま金沢に参り、十四郎らに加勢いたし、筑前殿を守ってやれ。くれぐれも頭領に言うておく。命を無駄にするな。いつか綺麗な政を見せてやれる日が来るかもしれぬでな」

「その日を、待っております」

「行け」

水木は一礼して立ち上がったが、直ぐには立ち去らなかった。

「殿」

「何じゃ」

「……十四郎様は分かっておられます。いえ、誰よりも殿の御心中を分かっておられるのは十四郎様唯お一人だと思います」

「……そうか。もうよい。行け」

水木の姿が襖の向こうに消えるのを待ち、利勝は小納戸役を呼び、酒の支度を申し付けた。

直ぐに酒が来た。下城し、家臣との対面を済ませると酒を所望されるのが常なので、前もって用意していたのである。

「早いな」

利勝が言った。

「早過ぎるのは、決して結構とは言えぬぞ。裏が見えてしまうでな」

二

水木が江戸を発つ頃、金沢城下の《巣》に燕忍群が集結していた。

綜堂が小頭の嘉平次に訊いた。

「二人は？」

「どうした？」

「それが……」

「まだ来ぬのか。刻限は伝えたのであろうな？」

「七つ（午前四時）と、間違いなく」

城下の寺の鐘が鳴った。一つめが鳴り、二つめの鐘の音が余韻を残して朝の大気の中に消えていった。静けさが鐘の間合いを埋めている。その時に、鈴の音が小さく遠く聞こえてきた。鈴は恐らく猫の首に付けられているのだろう。走り、転がり、歩く度に、音色が変わった。

鈴の音が、崩れた土塀の陰で止まった。

「綿虫参上」

「可魔風(かまかぜ)参上」

二人は本堂の壊れた戸口から、皆の前に現われた。

綿虫は皆を見渡すと、本当に、と言った。

「他の四人は、殺(や)られたらしいの」

「相手は、柳生新陰と居合(いあい)の二人であったな？」

可魔風が鼻の先で笑った。

「油断(ゆだん)したに相違ないわ。揃(そろ)いも揃って困った奴らだ」

「侮(あなど)るでない」

綜堂が窘(たしな)めた。

「しかし、頭領、儂と綿虫が残っておれば、大事ございませぬぞ。二人とも一度に百人でも二百人でも相手に出来ますからな」

「可魔風、慢心(まんしん)してはならぬ。六人衆の四人までが敗れたのだ。これは燕忍群存亡(そんぼう)の秋(とき)なのだ」

「承知しております」

可魔風が真顔になって答えた。

「綿虫と話したのでございますが、我が身を犠牲にしようとも二人を倒し、筑前殿のお命を頂戴する覚悟にございます」

「よう言うた。それでこそ燕六人衆だ」

「頭領」

綿虫が、脇からそっと言った。

「頭領のお手を煩わせることなく、我らのみで奴どもを倒して御覧に入れまする故、何卒お任せの程を」

「分かった。任せるが、此度はいやに乗り気だの」

「何しろ、あの四人を倒した者ども故、腕が鳴るのです」

「そうか」

綜堂は笑いながら頷くと嘉平次を呼び、下忍を分け、二人に付けるよう言った。

「誰やら」と可魔風が、嘉平次に言った。「道場主が奴らに味方しておると言うておったの？」

「鬼杖流の栗田寛次郎なる者でございます」

「腕は立つのか」

「槇十四郎と申す者は、居合の達者でございます。栗田は、流派は違えど、槇と互角の腕前と、聞いております」

「よし、その者が一人になった時を狙うぞ。十四郎の腕の程が分かるであろうからの」

「心得ました」

「さっさと片付けねばな。冬になってしまうでな」

一同の頬(ほお)に軽い笑みが奔(はし)ったが、無住の寺である。数名が声もなく笑うにとどまった。

下忍を選(よ)り分けている嘉平次の腰で、竹筒が揺れた。竹筒と嘉平次を見比べていた綜堂に、嘉平次が駆け寄って訊いた。

「綿虫と可魔風のみに、お任せになるのでございますか」

「あの二人を倒すまではな。どのように殺(や)るか、見てみようではないか。燕の正念場だからの」


十四郎が、土井の細作・千蔵と本多屋形の見回りに出掛けて、半刻(はんとき)（約一時間）になる。

栗田寛次郎は、一人道場脇の小部屋に籠もって、門下生の中から推薦する《筑前守様御警護役》の人選をしていた。

筑前守が二十四歳で没した母・珠姫の眠る天徳院を詣でるので、警護の人数を増やしたいという本多政重の頼みを、十四郎が寛次郎に伝えたのである。

――直接私に言えばよいものを、どうして槇殿に？

寛次郎は呟きながらも、伯父御の土井利勝様から何か特別な根回しでも前田家にあったのかもしれぬな、と勝手に納得してしまっていた。そのようなところが寛次郎にはあった。十四郎が寛次郎の人柄に好感を抱いたのは、そうした寛次郎だからとも言えた。

門下生の中から警護の者を選ぶ。本多屋形から随行する者と街道に立って警備する者の二組である。簡単なことだと思って始めた作業だったが、どこで聞き付けたのか、随行を望む自薦他薦が相継ぎ、腕の優劣だけで決めようとしていた寛次郎に、要らぬ面倒を強いていた。それでも、どうにか人数分の名を記し終えた時、庭から異様な気配が漂ってきた。

（一人か……）

寛次郎は太刀を摑むと、燭台の灯を吹き消し、障子を開け放った。

廊下と庭が、月明かりに照らし出されている。

その男は土塀の上にいた。目立つ。忍びとも思えぬ有り様だった。

「栗田寛次郎殿でござるか」

「そうだが、其の方何者だ？」

「燕六人衆・可魔風」

可魔風の腰に太刀はなかった。無腰（むごし）である。その代わり、両の手に太鼓を叩（たた）く桴（ばち）のようなものを持っていた。

「お相手を願う」

「断ったとしたら？」

「無駄でござる」

「であろうな」

可魔風が桴のようなものを両横に振った。それぞれの桴から刃が出た。柄（つか）と刃を、目抜きを通して固定した。鎌になった。

可魔風が前転しながら庭に飛び下りた。風音がした。風は、寛次郎の身体の周りをぐるりと回って吹き抜けた。

痛みが奔（はし）った。いつ斬られたのか、足から腰から腕から、身体のあちこちから血が迸り出ている。

着物が裂け、垂れ下がり、血が滴った。

（分からぬ……）

寛次郎は、可魔風を見据えながら正眼に構えた。痛みと出血で、目眩がした。

切っ先が揺れた。

可魔風が大きく足を踏み出し、間合いが消えた。

鎌が唸った。太刀で受けた。もう一丁の鎌が振り下ろされた。

太刀を真っ直ぐ、手前に引き抜いた。鎌が太刀の上を滑るようにして、続いた。

鎌が寛次郎の首を捉えようとした。

それより一瞬速く、寛次郎の身体が背から後ろに倒れた。鎌が流れ、虚空を裂いた。

寛次郎は起き上がると立ち木に凭れた。

可魔風の両手が動いた。

風が起こった。立ち木の枝が一寸刻みに斬られて、飛んだ。

風の音が近付いた。耳許を風が奔った。

風を衝いて、可魔風目掛けて渾身の突きを放った。

寛次郎の脇腹が裂けた。次いで、肩口が裂け、可魔風の姿が斜めになった。

（駄目だ。殺られる）

必死の思いで、太刀を横に払った。可魔風が大きく飛び退き、土塀の向こうに消えた。

駆け寄る足音が聞こえた。それが誰の足音か知る前に、寛次郎は気を失っていた。

「一刻を争う。任せられい」

柳生七郎は柳生の小者に何事か命じると、寛次郎の新造・千代には新しい晒しの用意を、十四郎には湯を沸かすよう言った。

湯が沸く前に柳生の小者が戻って来た。両の手に、根ごと引き抜いた桑の木と布袋を持っていた。

「洗って、糸にせい」

「はっ」

「糸なら」と、十四郎が言った。「この家にあるであろう？」

「柳生は桑の根で縫うのです」

「……任せよう」

「だから、任せておいて下され」

「そうしよう」

小者は、手早く桑の葉と茎を毟り取り、根に付いた泥を洗い落とすと、荒皮を剝いた。白い皮が現われた。小柄を取り出し、手早く細い糸状に裂いた。

「湯は？」

「沸いておるが」

布袋から取り出しておいた乾いた薬草を丼に入れ、湯を掛け、戻している間に糸状になった桑の白皮を湯に浸した。

「用意が調いました」

小者が奥に向かって大声を発した。

「持って参れ」

七郎の大声が返って来た。

「手伝おう」

十四郎が丼を持った。

「ありがとう存じます」

小者は小柄の先に白皮を引っ掛けると、廊下を滑るように走って行った。

十四郎も後から走った。

奥の座敷の中央に莫蓙が敷かれ、栗田寛次郎が横たわっていた。血が傷口から流れている。七郎が急かした。

小者は白皮を七郎に渡すと、くるりと振り向き十四郎の手から丼を取り、一礼して障子を閉めた。閉める間際に、枕元にいた千代に案ずるなというように頷いて見せた。

「いかがでございますか」

道場の四囲を見回って来た小頭の千蔵が、十四郎に訊いた。

「これから縫うところだ」

「助かるとよろしいのですが」

「死なせぬ。死なせてなるものか」

十四郎は太刀を手にして庭に出ると、寛次郎が敵と争った跡を調べて回った。

寛次郎の傷の数に比べ、敵の足跡は殆ど動いていなかった。

葉を、枝を、切り刻まれた立ち木を見た。夥しい切り跡は、剣がつけたものとは思えなかった。

(得物は何なのだ?)

十四郎は、枝を手にして立ち尽くした。

三

本多政重の用人・三津田孫兵衛が、一日の役目を終え、寮の用人部屋に戻って来た。時刻は四つ半(午後十一時)を回っていた。

用人は二日勤めると一日休みとなり、勤めの二日間は屋敷で泊まりと決められていた。

行灯に灯をともし、羽織と袴を脱ぎ、着物を衣紋掛けに吊るした。肌着も足袋も脱ぎ捨て、褌一つになって狭い土間に下り、壺から古漬けを取り出して瓶の水で洗い、粗く刻む。それを小皿に載せ、箸と湯呑みと一升徳利を手に、座敷に戻った。

膝の前に並べ、酒を湯呑みに注ぐ。咽喉が鳴った。

手を伸ばした時には口がお迎えに出ている。一口飲んだ。染みた。咽喉を押し広げ、胃の腑へ駆け下りて行く。

太い息を吐いた。

古漬けを口の中に放り込み、嚙み締めながら、更に二口、三口と酒を飲む。

（……出来る）

初めて呼び出されて来た後、人目を忍んで、夜更けに二度やって来た槇十四郎のことを思い出していた。

（身のこなしに無駄がない）

あの動きは居合か。孫兵衛は、頭の中で立ち合った。

前に出る。間合いが詰まる。居合腰になり、構える。上段から攻めたのでは、懐に潜られる。下段から、突きを入れるようにして小手を狙ったら、どうか。

湯呑みを口許に運んだ。目の前に白い小虫のようなものが浮いていた。吹き飛ばし、酒を飲み干した。

（手合わせ願いたいものよ）

また白いものが漂って来た。手で払った。白いものは手の起こす風を躱して、胡座の上へ落ちた。

（何なのだ……）

座敷を見回した。数え切れぬ程の白いものが漂っていた。

思わず湯呑みを置いて、息を詰めた。

白いものが一つ、孫兵衛の間近に舞い下り、突然火を噴き、燃え尽きた。

座敷の隅の暗がりで、コトリと音がした。男がいた。

孫兵衛は反射的に刀掛けに手を伸ばそうとした。が、手も足も動かない。孫兵衛の背に悪寒（おかん）が奔った。

男は立ち上がると、暗がりから行灯の灯の届くところへと移って来た。

「何者だ？」

訊こうとして、口が痺（しび）れているのに気付いた。身体が動かないだけでなく、声も出ない。

「抗（あらご）うても無駄だ。そなたは我が術中にある」

何とかしなくては、と思う心はあるのだが、身体が言うことを聞いてくれない。敵（かな）わぬ、とても敵わぬ。

「これから尋ねることに答えい。分かったな？」

頭の芯が痺れたようになり、男の言葉が滑り込んで来た。

「分かったら、頷け。それくらいは動くであろう」

頭が自然と前に傾いた。儂は頷いているのだ。孫兵衛は勝手に相手の声に応じてしまう己の身体を、不可思議なものを見るような心地でぼんやりと見ていた。

「三津田孫兵衛だな？」

頷いた。

「筑前守様が天徳院に詣でられると噂に聞いたが、実か」

頷いた。

「明日か」

首を横に振った。

「明後日か」

また首を横に振った。

「三日後か」

頷いた。

「間違いなく筑前守様御自身が詣でられるのであろうな？」

頷いた。

「本多安房守（政重）殿は、行かれるのであろうな？」

首を横に振った。

「何？　行かれぬのか」

頷いた。

「安房殿は、どこに行かれるのだ？」

答えられずに孫兵衛の頭が揺れている。気付いた男が、尋ね直した。

「安房殿は留守居か」

頷いた。

「上屋敷でか」

頷いた。

「それは内密の話か」

頷いた。

「皆は、安房殿は天徳院へ行かれると思うておるのだな？」

頷いた。

「よう答えてくれた。そなたには、礼を取らすぞ」

虚ろに泳いでいた孫兵衛の目に、男が映った。男は、孫兵衛の脇差を抜き払い、刀身に懐紙を巻き付けていた。

「天徳院詣では、罠（わな）やもしれぬ……」

綿虫の話を聞き終えた綜堂が、本多政重と十四郎と七郎の名を思い浮かべながら言った。

「本多安房が同道せず、筑前守のみで詣でるなど考えられぬ。天徳院に詣でたと見せかけ、我等に偽者を襲わせようという肚（はら）ではないか。筑前守は上屋敷に潜んでいるに相違ない。秘中の秘なればこそ、用人ごときには実（まこと）のことは知らされていないのだ。本多の倅に土井の甥っ子、それに柳生の小倅（こせがれ）、奴輩（やつばら）の考えそうなことだ」

「では、裏を掻（か）いて……」

嘉平次が訊いた。

「警護の数が半減するのだ。この好機を逃す手はあるまい。三日後、上屋敷を襲う」

綜堂が皆の方に顔を向け、言った。

「先（ま）ずは十四郎と七郎を血祭りに上げろとの命（めい）に従ったがために、可惜有為（あたらゆうい）の者を死に至らしめてしまった……」

頭を垂れた綜堂を嘲笑うかのように夜烏が啼いた。

「慚愧に堪えぬ」

綜堂の右手が動いた。長さが一尺（約三十センチメートル）余もある針が闇に向かって飛んだ。針は烏の腹から首を貫き通し、木の幹に刺さった。烏は啼き声をあげる間もなく息絶え、木の幹にぶら下がった。

「今、この好機を前にして、可魔風がおり、綿虫がおり、皆がおり、儂がいる。お叱りは儂が受ける。皆の力を集め、筑前もろとも奴輩を一気に葬り去ろう。総掛かりならば、万に一つも討ち漏らすことはあるまい」

「十四郎は儂に任せて下され」

可魔風が言った。

「ならば」と綿虫が言った。「柳生は儂の獲物だ」

「その他の者は、筑前の居場所を探し、速やかに討て。手に余った時は、儂か小頭を呼ぶのだ。よいな？」

「承知」

嘉平次の低い声に合わせて、影が揃って頷いた。嘉平次が尋ねた。

「襲う刻限は？」

「日が中天(ちゅうてん)にかかる頃はどうだ。朝から張り詰めていた気も、少しは緩むであろうしな」

「烏鉄が生きておったならば」と、嘉平次が言った。「影が使えぬからと怒ったでございましょうな」

「烏鉄に雨月、金剛に弓彦、彼ら四人のみならず、我らを支えてくれた多くの者らの仇を討ってくれよう」

「はっ」

　強く答えた嘉平次が、下忍の方へ振り返り、言った。

「我ら死を賭(と)して戦おうぞ」

　一同が声に出さずに頷いた。

「さすれば、幾人(いくたり)かを散らしまして、遠くから見張らせておきまする」

「決して近付き過ぎるでないぞ」

「心得ておりまする」

　嘉平次は下忍どもの中に入ると、見張りに立つ場所を割り振った。

　その頃——。

栗田道場を、江戸から戻った水木が訪ねていた。

「それが伯父上のお言葉か」

「はい。すべて任せる、と仰せでございました」

「参ったお方だの」

「十四郎様のことをひどく心配しておられました。やはり甥は可愛いと仰せられて」

「実か」

「実でございます」

「ちと嘘が入ってはおらぬか」

「お分かりになられます？」

「何と言われたのだ？」

「あのような気楽な風来坊でも、甥は可愛いと」

「それが心配している者の言葉か。とても、そのようには思えぬぞ」

「十四郎様は、まだ練れておられぬから、分からぬのです」

「そうか？」

「左様です」

十四郎の部屋から、二人の笑い声が漏れた。

声は離れている寛次郎の部屋にも届いた。

「笑い声は、いいものだな」

「あのお方は、吉なのでしょうか、凶なのでしょうか」

千代が、団扇で風を送りながら言った。

「命があるのだ。吉なのであろうよ。お蔭で、珍しい相手と立ち合う機会を得られたわ」

「私も、人の身体を針で縫うところを初めて見ました。布地も肉も同じでございますね」

「儂は浴衣か」

「仕立て直しのね」

笑い声が起こった。声は、廊下を下り、十四郎の部屋に届いた。

「おっ、笑っておるわ。珍しいの」

「もう傷は？」

「随分とよくなっておる。後は、完全に塞がるのを待つだけだ」

「私の時は、十四郎様がお手伝い下さいました」

「そうであったな」

縫合が終わるまで、乳房を押し上げていた。

「温かな手でした」

「あの時も、そのように言っていたぞ」

「はい」

「お互い、あまり斬られぬようにせぬとな」

「そのために、よいものを持って参りました」

「…………？」

水木は、背の後ろに置いていた布包みを、腰を回すようにして取ると、結び目を解いた。

白い帷子のようなものが畳まれていた。

「これは、綿と紙と竹を織り固めたものです。十四郎様にも着ていただきたいと存じまして」

「何かに効くのであろうか」

「これを織った者は、太刀には効きませぬが、吹き矢や手裏剣ならば傷を浅く出来ると申しておりました。また、織り上げる前に、何度も薬草に浸してあるとのことですので、傷を負った時には役立つかもしれませぬ」

「動きが悪くならぬか」

「その心配はございませぬ。私、今着ておりますが、ほらっ」

と言って身体を捩(ねじ)った。くねくねとよく曲がった。

十四郎は手に取って織りを見詰めた。水を垂らしても染み透りそうもない程、目が詰んでいた。

「私の留守中に、何か変わったことは？」

「……あった」

十四郎は、本多政重の用人が自害したことを話した。

「自害でございますか」

「褌(ふんどし)一つになって、腹を斬っておった」

「不審なところは？」

「なかったが、その者は此度(こたび)の詳細を知っておった」

「においますね」

水木が細作の顔に戻って言った。

「におうな」

十四郎も、似たような顔をした。

四

どんよりとした雲が、低く垂れ込めていた。

「雨になりますか」

「この程度では降らぬと思うが、分からぬな」

十四郎が政重に訊いた。

「御参詣は中止でしょうか」

「町屋の者と違うてな、一度決めたことは余程のことがないと変えられぬのだ」

「では？」

「本日、辰の刻（午前八時）に出立し、未の刻（午後二時）か遅くとも申の刻（午後四時）には戻られる。そのままであろうな」

「分かりました」

「晴れていた方がよいか」

「いいえ、刺客を殺すには丁度よい日和でしょう。雨になれば血を洗い清めてくれるでしょうし」

「勝てるのだな?」

「それは分かりませぬが、我らが敗れたとしても、本多様の率いる兵がおられます故」

「雑魚(ざこ)ばかりだぞ」

「最後に勝つのは、数です」

「覚えておこう」

「そろそろ参りませぬと」

「刻限か」

十四郎は本多政重の駕籠(かご)の脇に立ち、上屋敷へと向かった。七郎も水木らも上屋敷に向かっている筈(はず)だった。

風が小さく唸(うな)った。雲の流れが速い。

(血の雨が降るか……)

十四郎は、踏み出す足に力を込めた。

百名余の供を従えた筑前守が、仰々しく列を組んで、本多屋形を後にした。

行列を見送る町屋の人々に交じって、綜堂と嘉平次がいた。

「槇十四郎と柳生七郎。どこにも見当たりませんでしたが」

「儂らを騙そうと駕籠に乗っていたか。それとも、残って安房守の側についたか、であろう」

行列の中に駕籠は二挺あった。

「槍を打ち込んでみますか」

「止めておこう。下手を打てば、供の者どもが一斉に向かって来るやもしれぬ。ここは、綿虫を信じることにいたそう」

「承知いたしました」

《巣》に戻り掛けた綜堂と嘉平次の額に、雨粒がぽつりと落ちた。

「降りましょうか」

嘉平次が空を振り仰いだ。二つ目の雨粒は来なかった。

「まだだ。本降りになるのは、昼を過ぎてからであろう」

「左様で」

嘉平次は、厚い雲を見上げた。

二刻（約四時間）が経った。

にわかに黒い雲が張り出して来た。

町屋の者は、用を早く済まそうと、駆け足になっている。

その中を三々五々、同じ方角に向かう者たちがいた。町人に化けた燕忍群だった。

綜堂は上屋敷の御門を望む植込みに秘かに配下の者を集めると、それぞれが忍び装束に改めるのを待って言った。

「本懐を遂げよ。そのためには命を捨てよ。されど何としても生き延びよ。行くぞ」

黙して頷いた者の中から、一人が離れ、御門に向かった。可魔風だった。

可魔風は、御門の前で立ち止まると、通りに人気のないことを確かめてから、懐手をして門番に駆け寄った。

「何者だ。止まれ」

言った時には、二人の門番の首筋から血が噴いた。同時に、綜堂以下の燕忍群が、植込みを飛び出した。

御門を潜った可魔風は、玄関脇にある大腰掛の裏に回り、大番衆の小屋を襲った。中にいた五人の者が、ずたずたに斬られて果てた。下忍が門番の遺骸を放り込んで、小屋の戸を閉めた。御門も閉められた。いつしか雨粒が、地面に点々と黒い染みを作り始めていた。

二人の下忍が玄関に飛び込み、式台に上がった。

誰もいない。来るようにと、振り向いて手招きをした瞬間、背後に現われた者が二人を袈裟に斬り捨てた。

「見えたぞ。鎌鼬(かまいたち)」

十四郎だった。

「ほざけ」

可魔風が言った。

「汝(うぬ)らの罠、見破ったわ。筑前様のお命頂戴に参った。命が惜しくば、居場所を吐(は)け」

「本多様の御用人を殺(あや)めたは、其の方か」

「あれは自ら……」

可魔風が、言葉を切った。

「自害に見せるなど姑息(こそく)なことをしおって。許さぬ」

「だったら、どうする？」

可魔風は左手に鎌を持ち替えると、右手で頭上に円を描いた。

障子が、畳が、板床が、裂け、毟れ、傷付いた。

「奴は動けぬ。行け」

可魔風が背後の者どもに叫んだ。板戸を蹴倒し、燕の一団が屋敷に雪崩込んだ。

「汝は釘付けよ」

可魔風の右手が頭上で激しく振り回された。

風が鳴った。遠く近くで絶え間無く風が起こり、鳴った。

袖に風が当たった。着物が裂け、ぱくりと口を開けた。袴の裾に風が当たった。切れた布が垂れ下がった。

広間の方から太刀を打ち合わせる鋼の音が聞こえてきた。土井の細作と栗田道場の門下生と本多家の家臣が、燕を迎え撃っているのだった。

（早く片付けねば）

焦る気持ちが、間合いを読み違えさせた。風が腕に、胸に、足に当たった。

（よしっ）

手応えに、足を踏み出した可魔風の胸許に、十四郎が飛び込んだ。可魔風の目に、風が当たった箇所が見えた。布地は裂けているが、血は出ていない。

（どうしてだ？）

思った時には、鎌の刃を掻い潜り、十四郎の太刀が己の腹を斜めに走り抜けていた。最初はぴりっとした痛みだった。殺られたのか、確かなところが分からなかった。腹を見た。忍び装束が裂け、肉に赤い筋が走り、筋から赤い血の玉がぷつぷつと浮き出ていた。斬られたのだ、と思った。その時には、傷口が内側からめくれ、腸が飛び出して来た。手で押さえようとした。しかし、両の手が思うように動かなかった。指に天蚕糸が絡んだだけでなく、天蚕糸に結び付けていた薄くて鋭利な刃物が、床やら桟に刺さってしまっていたのだ。

「だから、天蚕糸が見えたと言ったであろう」

十四郎は、吐き捨てるように言うと、他の燕を追って奥へと走った。

白い小虫のようなものが目の前に漂っていた。払い除けた。だが、まつわり付いて来る。

（何だ？）

思った瞬間、白いものが炎に包まれた。見た。見詰めているうちに、白いものは燃え尽きた。途端、何かが頭の中に滑り込んで来た。

「殺せ」

と、それが頭の中で命じた。

命じられたという感覚はなかった。己の考えとしか思えなかった。抗おうという気持ちなど、微塵もなかった。横を見た。武家姿の者がいた。本多家の家臣であるらしい。殺すのに手頃に見えた。手にしていた忍び刀で、武家の脇腹を突き刺した。武家が頽れるようにして膝を突いた。

なおも止めを刺そうと忍び刀を振り翳したが、後ろにいた武家に腹を刺し貫かれてしまった。その時になって、己が誰を傷付け、誰に刺されたのかを知った。味方だった。だが、何故己が味方に刃を振るったのか、何故味方の刃に傷付かねばならないのか、訳が分からなかった。

燕の下忍を倒し、柳生七郎が御座の間前の中庭に着いた時には、六名の者が同士討ちをし、四名の者が血だらけになりながら戦っていた。四人の目を見た。それぞれの目が虚ろになっていた。

（催眠の術か）

七郎は、四人を峰打ちで昏倒させると、綿虫に向き合った。

「柳生七郎か。待っておったぞ」

綿虫の掌から白いものが漂い出た。白いものは、七郎の方へと流れ始めた。

七郎の左足がすっと後ろに引かれた。そのまま後退すると襖のところまで戻り、太刀を閃かせた。襖が四つに切れて倒れた。倒れる時に起きた風を潜り、七郎は隣の座敷に入った。白いものは、風に巻き上げられ、行き場を失い、発火して消えた。

「折角待っていたのだ」と七郎が言った。「追って来たらどうだ？」

二方の襖が、下忍の手によって音高く開け放たれた。

新たな風が吹き込んで来た。

「いい風だ。そちらに吹いておるぞ」

綿虫の掌から白いものが舞い上がった。

七郎は太刀を畳に突き立てると、片膝を突き、両の腕で己の身体を抱くようにして、太刀の陰に隠れた。

「何の真似だ？」

七郎の顔の近くで白いものが燃え上がり、消え落ちた。

「柳生、汝が最期よ」

綿虫は左右にいた下忍に斬るように命じた。

「動けぬ筈だ」

下忍は、摺り足になって近付くと、太刀を振り下ろした。

七郎は、二人の下忍より一瞬速く畳から太刀を抜き取ると、伸び上がりながら一人を斬り、返す刀で二人目を斬り伏せ、斬った刀を間髪を容れずに綿虫に投げ付けた。

刀は綿虫の胸に深々と突き刺さった。

「何故、……術が効かなんだ？」

「弓彦のお蔭だ」

七郎は右肩の矢傷を見せた。搔き毟られて、傷口が開いていた。

「痛みで目が覚めたわ」

「もう少しだったか」

綿虫が無念そうに呟いた。

「違うな。その少しが、埋まらぬものなのだ」

綿虫は鼻先で笑うような仕種をすると、口から血の塊を吐き出し、事切れた。

綿虫の胸から太刀を引き抜こうとしていた七郎は、背後に迫る気配に飛び退いた。

男がいた。目に異様な力があった。

男は綿虫を見てから七郎に目を移すと、皮の陣羽織の裏から長さ一尺余もある針を取り出した。

「燕忍群の頭領を務める綜堂と申す。柳生七郎殿でござるな?」

「いかにも」

「筑前守様を探したが見付からなんだ。裏を掻いたつもりで掻かれたか」

「済まぬな。すべてが終わらぬ以上、話すことは出来ぬ」

「ならば、せめて柳生の跡継ぎを殺めねば、六人衆に合わせる顔がないわ」

綜堂の手の中で、長針がするりと動いた。

「これは紀州様の策謀か」

間合いを計りながら七郎が訊いた。

「そのような偉いお方は存ぜぬが」

「田辺で安藤帯刀殿と密談していたのは、其の方ではなかったかな？」

「知らぬ。これは前田家に対する飛騨の忍びの遺恨故、紀州と言われたか、そのような御家とは一切かかわりのないこと。ご承知いただけたであろうか」

「どうであろう、十四郎殿」

「承知した」

襖が開き、十四郎が敷居の上に立った。

「敷居を踏むでない。躾がなってないの、土井の家は」

綜堂が言った。

「踏ん張りが利くでな。癖になっておった。直そう」

「よい心掛けだと褒めてやりたいが、これまでだな」

綜堂は、陣羽織の裏から長針を束にして取り出すと、横に走った。

「飛騨燕忍群の長針、受けてみるがよいわ」

七郎が脇差を抜いた。

十四郎が腰を割った。

長針が飛んだ。光の筋となって、七郎と十四郎に向かった。

柱を蹴った十四郎が宙を飛び、太刀を振り下ろした。綜堂は手にしていた長針を十字に交わして避けると、擦れ違いざまに長針を投じた。

即座に体を捨て、躱そうとした十四郎だったが、間合いが短過ぎた。股に長針を受けてしまった。

「十四郎様」

水木の声がした。土井の細作を従えて、駆け付けようとしている。

「来るな」

長針が水木に飛んだ。水木の位置からでは光る点にしか見えなかった。点が飛来し、右の手首に当たった。長針が右の手首を刺し貫いていた。そこに背後から燕の下忍が襲い掛かった。水木は逃げ惑っていた配下の細作を蹴り飛ばすと、宙に躍り上がった。空中で刀を左手に持ち替え、身体を回転させ、下忍の首筋を斬り伏せた。

十四郎が太い息を吐いた。

「十四郎殿、柳生双龍剣、披露の時と存ずるが」

七郎が脇差を構えながら言った。

「確かに」

十四郎は、股の長針を抜き捨てると、抜き身を鞘に納めず、脇に構えた。

「……面白い」

綜堂が長針の束を右手に移した。

「参る」

七郎が叫んで僅かに前に出た。十四郎も足を踏み出した。

綜堂の右手が縦に振られた。長針がきらきらと光った。

七郎の前に出た十四郎の腕に、肩に、腹に、股に長針が刺さった。その十四郎の肩に足を掛け、七郎が宙を飛んだ。綜堂の左手から長針が離れた。七郎の脇差が長針を叩き落とした。綜堂と七郎が、同時に左右に飛んだ。綜堂は一人。七郎には十四郎がいた。綜堂の目の前に立った十四郎が、渾身の力を込めて、肩口を斬り裂いた。

綜堂が血を噴き上げながら倒れた。

十四郎は、長針を抜き取りながら、

「ひどいぞ」

と七郎に言った。

「黙って私の肩を使いおって」

七郎が笑いながら脇差を鞘に納めた。

「これで粗方片付きましたな」

「まだおったぞ」

奥の廊下から走り込んで来た燕の忍びが、綜堂の脇に膝を突いた。

「頭領」

肩を揺すっていたが、十四郎と七郎を睨むと、叫んだ。

「頭領を斬ったのは、どっちだ？」

「私だ」

十四郎が言った。

「小頭の嘉平次だ。勝負せい」

綜堂の腕が微かに動いた。

嘉平次は何事か耳打ちすると、立ち上がり、真っ直ぐ十四郎に向かって突進して来た。

腰から煙の筋が流れている。

「火薬か」

膝を突く振りをして火種を入れた竹筒を割り、火薬と鉄片を詰めた竹筒の火縄に火を点けたのだった。

「離れろ」

叫びはしたが、己が飛び退く余裕はなかった。

十四郎は腰を割り、気合とともに嘉平次の胸を斬り上げた。血飛沫が上がり、次いで爆発が起こった。嘉平次の身体が、腰から真っ二つに裂けた。十四郎は、爆風とともに嘉平次の血肉を浴び、背から畳に叩き付けられた。全身に、鋭い痛みが奔った。

（ようやった。見事な最期、見届けたぞ）

綜堂は、薄れゆく意識を奮い立たせ、倒れている十四郎に目を遣った。

十四郎の腕に胸に、腹に、腰に、股に、無数の鉄片が刺さっていた。

「殺ったのう！」

血が迸り出たらしい、目眩がした。

動いた。

十四郎の亡骸が動いている。

（そんなことが……）

十四郎はよろけながらも立ち上がると、鉄片を抜き取って足許に捨てている。

「信じられぬ……」

綜堂の息が絶えた。この時になって、雨が沛然と降り始めた。


「何とまあ、よう刺されたものですな」

傷の手当を受けている十四郎を見ながら、栗田寛次郎が笑い声を上げた。

「いや、笑いごとではありませぬぞ。身体中がぴりぴりとして、当分湯には入れませぬな」

十四郎は巻き付けられた細布で雁字搦めになっている。

「綿と紙と竹で織った肌着のお蔭です。命あるをありがたく思いなさい」

水木が細布の上からぽんと叩いた。

「重宝なものですな」

寛次郎が肌着に興味を示した。

「冬場はよいが、夏場は暑くて堪りませぬぞ」

十四郎と寛次郎の笑い声が重なった。

「で、燕は皆、殺したのですか」

「数名は逃げたようだが、主立(おもだ)った者はすべて成敗したと思います」

「これで、飛騨から一つの忍びが消えるのですな」

寛次郎の声に、惜しむような響きがあった。惜しむ気持ちは十四郎にもあった。違う時に、違う状況で会ったならば、交誼(こうぎ)を結べたかもしれぬ。それだけの腕を持っていた忍群だった。

「ところで」と寛次郎が言った。「筑前守様はどこに隠れておいでだったのですか」

十四郎が水木を見た。

水木が、私が言うのですか、と自らを指してから言った。

「私の配下の細作に化けて、逃げ回っていらっしゃったのです」

「それでは燕も見付けられなかった筈ですな」

「しかし、綜堂と戦っている最中に、水木殿と一緒に筑前守様がお姿を現わされた時には、正直焦ったぞ」

「私、思わず筑前守様を蹴り飛ばしてしまいました。後でお咎(とが)めを受けるのではは、とひやひやしましたが」

「何の、笑っておられたわ。流石、加賀百万石を継がれるお方よ」

「武勇伝になりますな」

「後の加賀宰相を蹴った女子、ですか」

「それはよい、それはよい」

傷口に障るのか、寛次郎が顔を顰めながら笑い転げた。

五

土井利勝は帝鑑の間を出ると、畳廊下を真っ直ぐ進み、突き当たった隣の芙蓉の間を覗き込んだ。部屋に詰めていた者たちが、利勝に気付き、一斉に頭を下げた。頭が上がるのを待ち、作事奉行を探した。寺社奉行や勘定奉行らとともに、作事奉行が顎を引き締めて端座していた。

「済まぬな」

作事奉行を呼び出し、帝鑑の間近くへと引き連れた。

「頼みがあるのだ」

「何なりと、お申し付け下され」

「うむ」

利勝は松の大廊下に臨む中庭を指さし、作事奉行の耳許で囁(ささや)いた。

「明日か明後日までに出来ようか」

「必ず」

「一つ借りが出来たの。忘れぬぞ」

「勿体(もったい)なきお言葉。痛み入りまする」

作事奉行は芙蓉の間に戻ってから、納戸(なんど)廊下に詰めている大工頭の許を訪れた。

その二日後――。

紀州徳川頼宣が大廊下と言われている表座敷居間を出、松の大廊下を白書院の方に歩き始めたところで、帝鑑の間から出て来た土井大炊頭利勝と鉢合わせになった。

「これはこれは、紀州様」

膝頭に手を当て、利勝が頭を垂れた。

「大炊殿は、ご壮健でなによりだの」

「いえいえ、もう身体中が痛みまする」

「梅だ。梅を食べると治る。直ぐにも国許から送らせよう」

「ありがとう存じまする」

「まだまだ大炊殿には、働いて貰わねばならぬからの」

将軍家も尾張義直も水戸頼房も、大炊頭と呼び捨てにするのに、紀州頼宣だけは大炊殿と敬称つきで呼んだ。これは、紀州頼宣が土井利勝を東照神君家康の隠し子だと信じて疑わなかったためだった。

高笑いをして行き過ぎようとした頼宣を呼び止め、利勝が大廊下の梁を扇子で指した。

「あのようなところに、燕の《巣》が」

「気付かなんだわ」

「紀州様、来年は燕は参りましょうか」

「いや」と頼宣は、事も無げに言った。「来ぬであろう」

「されば、何故?」

「殆ど死に絶えたと聞く」

「気の毒なことですな」

「そうは思わぬ。十分生きたであろう」

「巣は取り除きましょうか」

「好きにするがよい」

「では、そのように」

見送った利勝の目に、頼宣の後ろ姿が映った。微かに波打っている。笑っているようにも見えたが、利勝には分からなかった。

（後は、加賀か）

形だけのことだが、前田家の家老職の者を呼び出し、城の普請（ふしん）や藩主並びに筑前守が身辺に剛の者を配した訳などを、老中として詰問しなければならなかった。

（面倒なことよ）

と思いはしたが、それで済んだのも十四郎のお蔭だった。

（今頃は……）

あそこか。居場所は読めていた。

儂が作事奉行に燕の巣を移すよう頼み、大廊下を見張って紀州公が出て来るのを待っていた頃、彼奴（あやつ）は山の大気を胸一杯吸い込み、沢庵和尚（おしょう）と暢気（のんき）な話でもしていたのだろうと思うと、己の在り方に無性（むしょう）に腹が立って来たが、自らが選び求めた道だった。

（彼奴も儂も、戻りようがないか）

利勝は、巣を片付けるよう作事奉行に頼むため、芙蓉の間に向かった。

松の大廊下の梁から燕の巣が取り払われて一カ月が経った。

その間に和歌山は、大小二つの野分（のわき）に襲われていた。

荒れ果てた城中の庭を見た安藤帯刀が、庭の者として燕の残党に禄（ろく）を与えることを上申し、頼宣の裁可を受けた。帯刀は、綜堂との約束を忘れずに果たしたのである。

その帯刀は、四年後の寛永十二年（一六三五）に八十二歳で没した。しかし、庭の者らは代を継いで生き残り、やがて紀州藩主から将軍職に就いた吉宗（よしむね）に従い、江戸城に入ることになる。お庭番である。

一方、十四郎だが——。

利勝が想像したように、出羽国上山の沢庵の許にいた。

傷の養生（ようじょう）をしながら沢庵のために建てられた《春雨庵（はるさめあん）》の修理をし、時に領主である土岐山城守頼行の槍術の相手をする羽目になっていた。

それだけに止まらず、五日前から新たな客人が寝泊まりをすることになった。

柳生七郎である。

立ち合うまでは帰らぬからと、毎日庭先で素振りをしては、沢庵に鬱陶しい奴め、と怒鳴られていた。薪割りに精を出していた沢庵が堪えかねたのか、「十四郎」と言って、手拭で額の汗を拭った。「立ち合うてやれ。暑っ苦しくて敵わぬ」

竹を割り、晒しで巻き、水を吹き掛け、更に固く巻いた。沢庵の考えた蟇肌竹刀の代用品だった。大小の蟇肌竹刀を腰に差し、左右に分かれた。

「一本勝負、始めい」

沢庵の声とともに、七郎が竹刀を抜いた。構えずに、自然体に身をおく。新陰流《無形の位》である。対して十四郎は、腰を割り、居合の構えを執った。

数瞬の刻が流れ、七郎が足指をにじり、間合いを詰めた。十四郎の足が僅かに前に出た。間合いが消えた。

七郎の竹刀が唸りを上げて振り下ろされた。十四郎の竹刀が腰から滑り出た。

参考文献

『新訂増補　国史大系　徳川実紀』（吉川弘文館）
『加賀藩史料　第壹編』『加賀藩史料　第貳編』侯爵前田家編輯部（一九二九年）
『加賀繁盛記』山本博文（日本放送出版協会　二〇〇一年）
『塩の道・千国街道』亀井千歩子（東京新聞出版局　一九八〇年）
『新訂　寛政重修諸家譜』（続群書類従完成会）
『徳川諸家系譜』（続群書類従完成会）
『五街道細見』岸井良衛（青蛙房　一九五九年）
『東京美術選書27　江戸時代役職事典』川口謙二　池田孝　池田政弘　著（東京美術　一九八一年）
『新装版　時代風俗考証事典』林美一（河出書房新社　一九九三年）
『柳生一族―新陰流の系譜』今村嘉雄（新人物往来社　一九七一年）

あとがきにかえて～旅の空から

佐藤亮子

本作は、前作の『柳生七星剣』刊行後、およそ一年半経った平成十六年（二〇〇四）十一月にハルキ文庫から刊行された作品の新装版である。

何故刊行に時間がかかったかと言うと、実はこの年、山の者シリーズの原点とも言うべき『嶽神忍風』三部作（中央公論新社　C☆NOVELS）を一気呵成に仕上げていたからである。遅筆な作家にはそれが精一杯で、槇十四郎正方シリーズを同時進行で書く余裕はなかった。『嶽神忍風』は、平成二十四年（二〇一二）に装いも新たに、『嶽神』上下巻（講談社文庫）として復活し、大変好評を博した。

『嶽神忍風』を仕上げて、やれやれ、と書き始めた『柳生双龍剣』は、前作より一層外連味たっぷりの忍者軍団との対決を描く物語となった。主人公の十四郎は二十九歳となり、十六歳の若き剣士時代よりも、かなりこなれた人柄になっている。

そのキャラクターの中に後年の作品『戻り舟同心』の登場人物の萌芽が見られることに気が付いた。

山中で休息しがてら、美味い握り飯を頬張り、一個目を三口で平らげる。二個目に手を伸ばした時、少し先の茂みに何やら不穏な雰囲気が立ち籠めていることに気付く。ヘンだな、と思い、一度は伸ばした手を止めはするのだが、結局二個目も手に取り、ムシャムシャ食べてしまう。つい食欲に負けてしまうところが、まさに二ツ森正次郎である。

さらに、敵の忍者に侮られ、「斯様なことで命を落とされては、犬死にですぞ」と言われ、途端に「気に入らぬな。そなたの物言い、かんに障る」となり、忍者どもと対決する。口調をちょいと変えれば、二ツ森伝次郎そのものではないか。

『戻り舟同心』の初めての出版は、平成十九年（二〇〇七）二月まで待たなければならない。『双龍剣』執筆当時、作者の頭の中に伝次郎や正次郎のキャラクターが定着していた訳ではないはずだが、どうだろう。伝次郎らは作者の知らぬ間に、頭の中にちゃっかり居座っていたのかもしれない。伝次郎なら、「もたもたしてねぇで、さっさと書け！」と、作者の頭を蹴り飛ばして、外に出て来そうである。

理屈は分からないが、どうも気に入らない。俺が気に入らないってことは、そこに何かあるのだ、という直感重視の伝次郎は、器用ではない。むしろ無骨である。だが、だからこそ、意固地なまでに一度こうと決めたら、自分にどのような不利益があろうとも、人助けに邁進する。そうでなければ、生きている甲斐がない。わざわざ生まれてきた甲斐がないだろうが、と頑なに信じている。

槇十四郎の中には、嶽神伝シリーズの主役、山の者・無坂の芽生えすらある。土井利勝の縁者という当時としては最高ランクの《勝ち組》であるのに、十四郎は、ほとんどそれを意識していない。それどころか、路傍に打ち捨てられて然るべき瀕死の忍びを、何のためらいもなく助ける。死んだら墓を、という願いを、至極当然のこととして、埋葬の一切を行ない、墓標を立てる。

その十四郎にとっての当たり前の行動が、同じ剣の道を歩む柳生七郎には驚異であった。

将軍家指南役という至高の家に生まれ、身分高き若殿として、下の者を使うことに馴れた七郎は、使われる立場にある身分低き者が、日々何を思って生きているかなど、考えたことすらない。

ともに旅を続けるうちに、七郎は己と十四郎の違いは何なのか、己には何が欠けているのか、と問い続ける。

人生は、旅だ。

高い山、険しい谷がいくつも連なり、前途に踏み迷うのが常だ。かと思えば、峠を越えた途端に、見たこともないような絶景に出会うこともある。

誰もが歩む人生という長い道程を、どのように受け止めるかは、人それぞれだ。十四郎も、七郎も、己の道程の中に、生きるべき指針を探し求める。

長谷川卓は、ともかく「人生、楽しまなくちゃ、損だ！」という人間で、困難に打ちひしがれそうになっても、「大丈夫、何とかなるさ」と言いながら、人生の山あり谷ありを軽快に歩き続けた。闘病生活中も、持ち前の明るさで、ともすれば暗い気持ちになる家族を逆に励ましてくれた。差し入れのきつねうどんに舌鼓を打ち、全身から「美味しい！」のオーラを出しつつ、ニコニコと箸を動かすさまは、見ているだけで家族の心を浮き立たせてくれた。それが、長谷川卓の旅の仕方だったのだろう。

前向きな気質は、持って生まれたものだったが、その姿勢をより強固にしてくれたのが、青春時代をともにした人々との長きにわたる心温まる交感であった。

早稲田大学入学は、本人にとって、まさに人生の一大転機であった。

全共闘紛争で大学が荒れていた昭和四十年代に大学一年生になった夫は、格別政治闘争に関わることもなく、下手な麻雀を打ったり、友達の下宿に泊まり込んだり、とのんきな学生生活を送ったらしいのだが、これが本人にとっては、ひどく新鮮な体験だった。

三半規管が非常に弱い血統のため、子供の頃は、ともかく乗り物酔いがひどかった。電車も、バスも、極力避けて通りたい。遠足など、地獄のようだった。高校も、最短の電車通学で行ける学校を選んだし、早稲田大学に進学したのも、一つには、何とか酔わずにたどり着ける範囲にあったからだった。

成長するに従い、三半規管も強くなったのか、はたまた漂泊の思い止まずだったのか、大学に進学していきなり旅行研究会というクラブ、略称「旅研」に入部する。

旅研は、夫の入学前々年に発足したばかりの少人数の団体で、そこで諸先輩方に非常に可愛がられ、また同輩らともごく親密な関係を結び、勇躍旅に踏み出した。

そこからは、堰を切ったがごとく、旅、旅、旅である。

友達とちょっと遊びに行くことから、旅研でキャンプに出掛けることまで、小さな旅、大きな旅を経験し、次第に乗り物への苦手意識も薄らいでいった。

旅研の合宿は、殊更高い山に挑戦するといったものではなく、むしろ難易度は低いが、皆がキャンプ生活を楽しめる場に向かうことが多かったようだ。クラブ一番の大食漢を自認する夫は、料理当番は任せとけ、だった。

「子供の頃から食いしん坊だったので、おふくろがメシを作っていると、のこのこ台所に入り込んで、それ、どうやって作るの？　としつこく聞いたもんだ」

だそうである。

当時は、古き良き旧制高校生を彷彿とさせる貧乏学生の旅人が、各地を闊歩していた頃で、土地の人たちとのおおらかな交流があった。

駅前でその晩泊まる宿屋を物色し、金がないので素泊まりで、と交渉して宿に入り、やおらリュックから鍋を取り出し、ちゃっかり厨房の片隅をお借りして、自分で煮炊きして夕飯にありついた。ともかく天性陽気なおしゃべり屋なので、キャンプ場でも、

「おもしろい学生さんだ」

と、いろいろ差し入れをいただくこともあったようだ。

旅研の皆さんと東北山中を旅した時は、十和田湖畔にキャンプを張り、ついでにバスのフリーパス券を利用して、毎日奥入瀬渓谷に行っては喜んでいたそうである。

青春時代に培った野外生活のおもしろさ、旅の楽しさが、後々ロードムービー的な作品を書きたい、山の暮らしを書いてみたい、という思いに繋がり、嶽神伝シリーズとして結実していった。

本編の主人公槇十四郎も、常に旅をしている。何故そこまで歩き回るのか、とあきれるほど、ともかく縦横に歩く。あちらと思えば、またこちら、である。さすが剣客だけあって、並外れた体力である。

本シリーズや、嶽神シリーズを読んでいると、作者もまた強靱な肉体を持ち、常に山々を疾駆している野性味溢れる人なのではないか、とつい思ってしまいそうになるが、実のところ、大して体力はない。その点、私もご同様で、体力なし運動神経なしコンビである。

夫の思い出話を聞くと、どうしてそこまでして山に行きたいのか、と思うほど、体力がついていっていない。

皆と歩いていても、一番先に顎（あご）を出してしまう。汗をダラダラ流し、ガブガブと水を飲み、頭から湯気を出して、「暑い、しんどい」と大騒ぎして、ついにはへたばってしまう。大学卒業後も、なんだかんだと言っては、あちこちキャンプに行っていたようだが、まったく体力向上には至らず。せっかく尾瀬（おぜ）まで出掛けたのに、体力の限界に至ってしまったのか、

「よし、尾瀬、見たな！　帰ろう！」

と、さっさと回れ右して道を引き返してしまったそうで、一緒に行った友人たちは、あっけにとられたことだろう。

また、夜ともなると、大いびきをガーコガーコ（変な擬音だが、これは本人が常日頃使っていた長谷川オノマトペである）搔（か）いて寝てしまうので、テントの中で、皆様の安眠を妨（さまた）げ、えらいご迷惑をかけた模様である。

ある友人の実家に泊まったところ、夜中になぜか床が揺れるので、「何？　何？」と寝ぼけ眼（まなこ）で起きてみたら、隣に寝ていたはずの友人が、大汗をかきながら、夫の布団を夫ごと廊下に引きずり出そうとしていたそうである。あまりのう

るささに、腹に据えかねたのだろう。

「そんなことばかり、バラさなくていいから！」

と、本人、真っ赤になりそうだが、我が家では始終こんな話をおもしろおかしく語っていた。聞いた以上は、書きたくなるのが人情というものである。今頃天国で、「しまった！」と、歯がみしているに違いない。


ちなみに、本編の主人公槙十四郎正方のネーミングだが、実はれっきとしたモデルさんがいらっしゃる。

旅研の先輩から、結婚式を地元でやるので、司会をやりに来てくれ、と頼まれ、「合点でぇ！」とばかりに飛んで行き、そこで花嫁の父に紹介された。この方が槙正方（まきまさかた）さんである。なんとも恰好のいい端正なお名前だ、とお人柄のみならず、お名前に一目惚れ（ひとめぼ）し、

「是非とも、小説に使わせて下さい！」

とその場で頼み込んだそうである。図々しいお願いを快諾して下さった槙さんのご厚意によって、槙十四郎正方は、作者の心の中を歩き始めたのである。

たくさんの人との出会いが、長谷川卓の旅をこの上なく豊かなものにしてくれ

たことは間違いないところである。

令和三年七月　静岡にて

暑い日の仕事スタイルは
鉢巻きおじさん

東京・KITTE丸の内で

注・本作品は、平成十六年十一月、ハルキ文庫（角川春樹事務所）より刊行された『柳生双龍剣』を妻・佐藤亮子氏のご協力を得て、加筆・修正したものです。

柳生双龍剣

一〇〇字書評

切り取り線

購買動機（新聞、雑誌名を記入するか、あるいは○をつけてください）	
□（　　　　　　　）の広告を見て	
□（　　　　　　　）の書評を見て	
□ 知人のすすめで	□ タイトルに惹かれて
□ カバーが良かったから	□ 内容が面白そうだから
□ 好きな作家だから	□ 好きな分野の本だから

・最近、最も感銘を受けた作品名をお書き下さい

・あなたのお好きな作家名をお書き下さい

・その他、ご要望がありましたらお書き下さい

住所	〒				
氏名		職業		年齢	
Eメール	※携帯には配信できません	新刊情報等のメール配信を 希望する・しない			

この本の感想を、編集部までお寄せいただけたらありがたく存じます。今後の企画の参考にさせていただきます。Eメールでも結構です。

いただいた「一〇〇字書評」は、新聞・雑誌等に紹介させていただくことがあります。その場合はお礼として特製図書カードを差し上げます。

前ページの原稿用紙に書評をお書きの上、切り取り、左記までお送り下さい。宛先の住所は不要です。

なお、ご記入いただいたお名前、ご住所等は、書評紹介の事前了解、謝礼のお届けのためだけに利用し、そのほかの目的のために利用することはありません。

〒一〇一−八七〇一
祥伝社文庫編集長　清水寿明
電話　〇三（三二六五）二〇八〇

祥伝社ホームページの「ブックレビュー」からも、書き込めます。
www.shodensha.co.jp/bookreview

祥伝社文庫

柳生双龍剣（やぎゅうそうりゅうけん）

令和 3 年 9 月 20 日　初版第 1 刷発行

著　者　長谷川　卓（はせがわ　たく）
発行者　辻　浩明
発行所　祥伝社（しょうでんしゃ）
東京都千代田区神田神保町 3-3
〒 101-8701
電話　03（3265）2081（販売部）
電話　03（3265）2080（編集部）
電話　03（3265）3622（業務部）
www.shodensha.co.jp

印刷所　堀内印刷
製本所　ナショナル製本
カバーフォーマットデザイン　中原達治

Printed in Japan ©2021, Ryoko Sato　ISBN978-4-396-34762-8 C0193

祥伝社文庫の好評既刊

祥伝社文庫の好評既刊

祥伝社文庫の好評既刊

長谷川 卓　空舟　北町奉行所捕物控③

鷲津軍兵衛に、凄絶な突きが迫る！ 正体不明の《絵師》を追う最中、立ちはだかる敵の秘剣とは!?

長谷川 卓　毒虫　北町奉行所捕物控④

地を這うような探索で一家皆殺しの凶賊を追い詰める軍兵衛ら。そんな折、かつての兄弟子の姿を見かけ……。

長谷川 卓　雨燕　北町奉行所捕物控⑤

己をも欺き続け、危うい断崖に生きる女の儚き純な恋。互いの素性を知らず惹かれ合う男女に、凶賊の影が！

長谷川 卓　寒の辻　北町奉行所捕物控⑥

浪人にしつこく絡んだ若侍らは、人違いから別人を殺めてしまう——管轄違いの一件に軍兵衛は正義を為せるか？

長谷川 卓　明屋敷番始末　北町奉行所捕物控⑦

不遇を託つ伊賀者たちは憤怒した——「腑抜けた武士どもに鉄槌を！」鍛え抜かれた忍の技が、鷲津軍兵衛を襲う。

長谷川 卓　野伏間の治助　北町奉行所捕物控⑧

野伏間の千社札を残し、大金を盗む賊を炙り出せ。八方破れの同心鷲津軍兵衛が、偏屈な伊賀者と手を組んだ！

祥伝社文庫の好評既刊

辻堂　魁
神の子　花川戸町自身番日記
浅草花川戸の人情小路に暮らす人々の健気で懸命な姿を、自身番の書役可一の目を通して描く感涙必至の時代小説。

辻堂　魁
女房を娶(めと)らば　花川戸町自身番日記
夫を想う気持ちは一所懸命――大切な人を健気に守ろうとする妻たちを描いた至高の時代小説。

中島　要
江戸の茶碗　まっくら長屋騒動記
貧乏長屋の兄妹が有り金はたいて買った〝井戸の茶碗〟は真っ赤な贋物！　そこに酒びたりの浪人が現われ……。

中島　要
酒が仇(かたき)と思えども
泣いて笑ってまたほろり。かくれ酒、わすれ上戸にからみ酒……酒呑みの罪と徳を描いた人情時代小説集。

樋口有介
変わり朝顔　船宿たき川捕り物暦①
朝顔を育てる優男(やさおとこ)にして江戸随一の剣客・真木倩一郎(まきせいいちろう)は、一人の娘を助ける。彼女は目明かしの総元締の娘だった！

樋口有介
初めての梅　船宿たき川捕り物暦②
料理屋の娘が不審死を遂げた。江戸の目明かし三百の総元締を継いだ倩一郎改め二代目米造(よねぞう)が調べを進めると…？

〈祥伝社文庫　今月の新刊〉

長岡弘樹
道具箱はささやく
『教場』『傍聞き』のエッセンスのすべてがここに。原稿用紙20枚で挑むミステリー18編。

西村京太郎
十津川警部　長崎　路面電車と坂本龍馬
グラバーが長崎で走らせたSLを坂本龍馬が破壊した!?　歴史に蠢く闇を十津川が追う！

松嶋智左
開署準備室　巡査長・野路明良
姫野署開署まであと四日。新庁舎で不審事が続発する中、失踪した強盗犯が目撃されて……。

南　英男
突撃警部
警官殺しの裏に警察を蝕む巨悪が浮上。心熱き特命刑事真崎航のベレッタが火を噴く！

笹沢左保
取調室2　死体遺棄現場
事件解決の鍵は「犯人との会話」にある。〝落としの達人〟はいかにして証拠を導き出すか!?

長谷川　卓
柳生双龍剣
熊野、伊勢、加賀……執拗に襲い掛かる異能の忍者集団。〝二頭の龍〟が苛烈に叩き斬る！

澤見　彰
鬼千世先生　手習い所せせらぎ庵
薙刀片手に、この世の理不尽から子供を守る。熱血師匠と筆子の温かな交流を描く人情小説。